和三郎江戸修行　脱藩

高橋三千綱

JN228588

集英社文庫

目次

本書は、集英社文庫のために書き下ろされた作品です。

和三郎江戸修行　脱藩

第一章　脱藩命令

一

身体《からだ》を拭う手を止めて、岡和《おかわ》三郎《さぶろう》は少しの間、ぼんやりと東の空を眺めていた。そろそろ真夏の深い青空を覆うように、ぎらぎらとした光を含んだ力強い雲が押し寄せてくる季節なのに、屛風山《びょうぶさん》の頂きには、春霞《はるがすみ》のような頼りない雲が心細げにたなびいているだけだ。

　そういう年は肝腎なときに雨が降らず、収穫時期になって突然大風を伴った豪雨が続いて、米の収穫量が随分落ちる。三年前は飢饉《ききん》といってもいいほどの不作で、冠山《かんむりやま》を背後に控えた寒冷地の畑では、例年の四分の一の収穫しかなく、小作に転落する自作農や逃散《ちょうさん》する小作人が相次いだ。

　前領主の土屋《つちや》忠国《ただくに》様の治世のときで、驕奢《きょうしゃ》におごり危うく野山《のやま》藩土屋領四万三千石が幕府に没収されかかったというのに、農民の悲惨な生活には一切我関せずで過ごし、当時ご存命だった父の直義《なおよし》様の命によって二十六歳の若さで隠居を余儀なくされた。

その頃、荒廃した領民の心を救ったのは兄の忠直《ただなお》様で、病弱な体をおして登城し、領民に救い粥《がゆ》を炊き出すように、重臣らに涙ながらに懇願したと和三郎は聞いている。

領主の兄君が家老らに懇願するというのはおかしな話だが、古い格式に寄りかかっている重臣がご政道を牛耳っている野山藩では、領主の兄といえども妾腹《しょうふく》の子とあっては、意見を述べるにしても遠慮せざるを得なかったのだろう。

（まったく、救いようのない爺ィ《じじ》どもだ）

両手を脇腹に置いて和三郎は空を仰ぎながら荒い鼻息を吹いた。

（ほやけど忠直様が当主となられたのは不幸中の幸いだ。お体さえ頑強になられれば、野山藩の行く末もようなるやろう）

偉そうにそう胸の内で呟《つぶや》いた。本気でそう思うところが、和三郎の臆面もないところなのである。

「岡、さっきから呼ばっているのに、どこ見とるんや」

隣で足の裏を藁《わら》でしごいていた市村貫太《いちむらかんた》が、角張った顎を上に振って、和三郎を振り仰いだ。

「うん、なんの、今年の雲は勢いがねえと思ててな」

和三郎が呟くようにいうと、貫太は頭をひねって後ろを向いた。だが、すぐに頭を戻した。妙なことをいう、といった顔付きになった市村貫太は、すぐに卑しげな目つきになった。

「今日はわめから一本取っちゃったぞ」

「おお、あの小手打ちは効いたの」

「じゃろうが。そこであこ、飲みに行こっぜ。わめのおごりじゃ」

薄笑いを浮かべた貫太は、すでに酒の香を思い浮かべて舌なめずりをしている。四人兄弟の末っ子の貫太はいつもすっからピンで、郷村への代稽古で小遣い銭を時折り稼いでいる和三郎にたかるのを、心得としているところがある。

いや、今日はお袋様から用事を、といおうとしたとき、和三郎の目の隅に小走りにやってくる室戸《むろと》の姿が映った。

「岡さん、先生がお呼びです」

「ほうか。今頃なんの御用やろう」

そう呟いたのは言い伝えを了解した意味あいもあったが、和三郎の呟いた通り、何だろうと訝《いぶか》しげな気持も混じっていたせいだ。傍らにいる貫太も妙な顔をしている。普通、武田甚介《たけだじんすけ》師範が弟子を自室に呼びつけるときは、稽古が終わった直後に道場で直接申し渡される。それだとて、めったに呼ばれることではない。

「岡に師範代になれってか」

にやりとして貫太はいった。和三郎は少し厳しい表情で貫太を見返した。だが、それは腹の中で、満更ほんなこともないでねえ、と思ったことを押し隠すための造り顔だった。師範代の原口耕治郎《はらぐちこうじろう》は春も深まった頃から体に変調をきたし、道場に最後に顔を出したのは五月のはじめのことだった。それからおよそ二十日が過ぎている。

原口耕治郎は馬廻《うままわ》り組に勤めていて、四十俵を切米《きりまい》として得ているのだが、最初は腹部に妙な塊ができて、それがだんだん脹《ふく》れあがって腸の蠕動《ぜんどう》を邪魔していると伝わってきたが、この頃では病いは神経性のものだという噂《うわさ》も流れている。

原口からみっちり鍛えあげられたおかげで、武田道場に岡ありと巷間《こうかん》でいわれるようになった和三郎としては、毎日でも見舞いに行きたいのだが、何故《なぜ》か武田甚介師範から厳しく止められているのである。

師範代は原口の他に岩本喜十《いわもときじゅう》がいたが、今年の春に江戸詰めになっている。嫡子の直俊《なおとし》様の傍《そば》に小姓組としてお勤めしているると聞いているが、藩主忠直様の近習《きんじゅ》として勤めていた者が急に江戸詰めになったことで、藩内には早くも世継ぎ争いが始まったのではないかと噂する者も出てきたという。

そういう情報は貫太が蔵方《くらかた》にいる兄から聞き込んできたことで、和三郎は藩内の揉《も》め事には興味はない。貫太の兄、市村昇《のぼる》は知行三十五石をもらっているが、無駄飯食いの弟が三人もいるとあっては暮らしは楽ではない。西瓜《すいか》のように丸く太った男で、晩酌は三日に一度、それも一合だけだと和三郎の兄にこぼしていたことがある。

和三郎の兄、壮之助《そうのすけ》は小納戸役《こなんどやく》七十石の家禄《かろく》を受けているが、野山藩では四公六民で、四割が領主の取り分になる。それは玄米で二十八石ということだが、搗《つき》米《ごめ》にすると二割方が減って手にする白米の実質は二十二石程度である。

その兄から毎日飯をありがたく頂いている三男の身分では、藩内がどうざわめこうが、空腹の方が先に立って、早く兄の世話を受けずに独立したいものだと昨年から焦燥感を抱きだしているのである。代稽古でもらえる心付けなどでは十九歳の和三郎の腹を充分には満たしてくれない。

道場では原口耕治郎の次席に和三郎の名札がかけられている。師範代に指名されるのは若すぎる気がするが、実質的に道場で先頭に立って師範の弟子たちを鍛えているのは和三郎なのである。

師範の部屋は道場脇から続いている廊下の突き当たりにある。和三郎は片膝を立てて腰を落とした。

「岡です」と板戸の外から中に声をかけた。「入れ」と渋みのある声がした。中に入ると、武田甚介師範に並んで恰幅《かっぷく》のいい武士が座っていた。並んで座ったふたりの目玉がそろって和三郎を見つめている。

「そこへ座れ」

といわれて和三郎はふたりの前に座った。男同士並んで座っているのも妙なら、ふたりの目付きもどこか尋常でない。とくに恰幅のよい武士からは殺気さえ漂ってくるようだった。

「岡か、少し見ぬうちに身体が一回り大きくなったようじゃな」

武士がそういって口元に含み笑いを浮かべた。頬が柔らかくなると武士の双眸《そうぼう》から殺気めいた鋭い視線が消えて、どこか親しみをたたえた顔になった。だが、和三郎には見覚えがない。

「初春の御前試合でおぬしを見たのじゃ。正殿の端に座っておったから儂《わし》のことを分からぬのも無理はない」

「勘定奉行の森《もり》様だ」

師範が叱りつけるようにいった。ははっ、と和三郎は頭を下げた。背中が熱くなり、それから冷や汗が出たようだった。

「あの折りは凄《すご》かったな。岡は大川《おおかわ》道場の者を六人も続けて打ち倒しおったな。殿も大いに誉《ほ》めておられた」

「畏れ入ります」

「儂も感服した。そこで、おぬしを江戸に剣術修行に出すことにした。武田殿には今しがた儂から頼んで快く了解を得た。おぬしに異存はあるまいな」

あ、と口を開いたのは、江戸、剣術修行、というふたつの夢みるような言葉が勘定奉行の口からさらりと出されたときだが、その驚きの口がまだ塞がらない内に今度は奉行の目玉がぬっと前に突きだしてきた。

「異存など、ございません」

それだけを応えるのが精一杯だった。歓喜で胸が風船のように脹れあがっていた。花のお江戸とうたう流行《はや》り唄が頭の中をよぎっていった。なんだかお囃子《はやし》まで聞こえたようだった。

「江戸では夷狄《いてき》からの圧力が日ごとに強くなっておる。昨年、阿蘭陀《オランダ》という国の文書に、亜米利加《メリケン》という国の船が来航するちゅう風説が書かれておった、と江戸の藩邸から知らせがあった。露西亜《ロシア》船が蝦夷《えぞ》地《ち》を襲ったと大騒ぎしていたら、今度は亜米利加だ。風説によると、艦隊に積んである大砲の弾は江戸城を直撃できるまでの威力だそうだ。存じておるか」

「話にだけは聞いております」

「野山藩でも先月より西洋軍制を採用することにした。だが、そこで調練に加わる者は藩士に限られておる。それに鉄砲の数にも限りはある。やはり戦さに刀槍《とうそう》は欠かすことができぬ。そこで岡よ」

奉行の小太りの顔がすべるように前に出てきた。厚ぼったい唇に唾液が付着している。額の皺《しわ》が深い。五十歳の半ばになっていると和三郎はみていた。

「返事をせい」

「はい」

「そこでだ、そなたは手あたり次第江戸の道場を回り、そこで得た技と江戸に修行に来ておる各藩士の腕前をできうる限り書き留めて、すみやかに儂のところまで封書で届けるのだ。その際、飛脚便ではなく国許《くにもと》に戻る藩士に預けるのだ。分かったな」

「はい」

江戸から百五十里も離れた野山藩まで飛脚を使うとなれば二両はかかる。

岡家が得ている玄米二十八石は五石を家族用にして、あとは現金に替えている。手にするのは三十両ほどで、その金で兄壮之助は隠居した父と寝たきりの母、妻と幼い息子に三男の和三郎、それに下男下女をひとりずつ養うのだから、到底間に合うわけがない。節約するにも限界があり、親戚付き合いも粗末にはできない。

それで家族そろって内職することになるのだが、それはどこの家中も同じで、藩全体が吝嗇《りんしょく》な感じで染まっている。

野山藩は四万三千石ということになっているが、盆地にある田畑は痩せていて、通常なら一反で一石五斗の生産があるとされているが、下田《げでん》のため一石とれるのがやっとだ。実質の収穫は藩全体で二万七千石ほどだといわれている。飛脚便代を節約するのも無理はないと和三郎は思った。

「もうひとつ重要なことを伝えておく。この度の修行は内密にやってもらう。それでじゃ、おぬしは藩に届けずに勝手に江戸に行ったということになる。このことも武田殿には承知頂いておる」

和三郎は武田甚介師範を見た。師範は苦い薬を飲んだかのように口の端を潰している。和三郎をちらりと見返した細い目に降参した色合いが浮かんだ。

武田道場は百間堀《ひやつけんぼり》と呼ばれる外堀の内にある黎明館《れいめいかん》に藩道場として置かれ、千四百五十名いる藩士の内、二割にあたる三百人が在籍していて、それらはただ名札だけ道場に掛けられている者が半分近くはいるといっても、藩からはいわゆる奨励金が道場に献金されていて、その少なくない金額は全て勘定奉行の差配でなされているのである。

一刀《いっとう》流武田甚介師範は二代前の藩主土屋直義様がご存命であった頃からの指南役で、息子であり前藩主の忠国様が隠居されると同時に五十歳で身を引いて大石《おおいし》小十郎《こじゅうろう》に指南役の席を譲った。それで道場の主《あるじ》に納まったのだが、何事につけ藩重鎮の意向に添う癖がついている。情けないと和三郎が思うこともある。反対に仕方のないことだ、と道場経営をやりくりする師範の思いを察することもある。

だが、さすがに和三郎には納得しかねることがあった。それで思い切って奉行に問い質《ただ》した。開いた口の中に丸まった蜘蛛《くも》の糸が飛び込んできたような気がした。それをはき出す気迫でいった。

「藩に届けずに勝手に江戸に行くということは、つまり、それがしは逐電したという扱いにされるのでしょうか」

「ま、そういうことになるかの」

「すると、私には追っ手がかかるということですか」

ははは、と奉行は上体をそらして空笑いをした。固く盛り上がった頬肉が痙攣《けいれん》したようにも見えた。

「追っ手などかかるわけがない。そもそもそなたはそんなに大物ではない。消えても誰も気にはせん」

「しかし、逐電したとなると道場の者が騒ぎ出します」

「じゃからそのヘンは武田殿に了解を頂いたし、あとはうまく収めてもらえばいいのじゃ。分かったな」

分かったのは、自分は随分都合よく使われることになるのだということだけである。それで和三郎は黙っていた。

「では、これからおぬしは一旦家に戻って旅支度などするがよい。暗くなったら儂の役宅に来い。もそっと詳しく話す」

は、とかしこまった和三郎だったが、妙なことを聞いた気がして顔を上げた。

「いま、旅支度といわれましたか」

「いった」

「それはどういうことでございますか」

「決まっておる。おぬしは明日の寅《とら》の刻に儂の屋敷から江戸に発《た》つのだ」

寅の刻といえば七ツ（午前三時頃）である。まだ薄暗い。さすがに唖然《あぜん》とした。

「心配するな。岡壮之助とか申したかな、おぬしの兄には小納戸頭《がしら》から伝えてある。ただし出奔するとはいっておらん。いずれ行方知れずになるにしても、建て前上はあくまでも江戸修行じゃ」

建て前上は剣術修行で、その内に脱藩扱いになるというのはまるで納得がいかない。藩命で江戸修行となぜおおっぴらにできないのだ、と和三郎は憤りを腹にしまって思い悩んだ。

「分かりました」

実は何も分かってはいない。ここで、分かりませんといえない自分がふがいなかった。それで鈍い頭を奮起させて別の取引をすることにした。

「では、藩が承知の上の武者修行であると、勘定奉行様の書き付けを頂けますか。このまま逐電者の扱いを受けては兄にも迷惑がかかります。岡家など簡単に潰されてしまいます。そうなっては困ります。駄目だと申されるのなら、このお話はお受け致しかねます」

ジロリと奉行は三白眼を上げた。禿鷲《はげわし》のような底意地の悪い目つきだった。その青黒く変色した顔色と眉間に刻まれた縦皺を正面から迎えて、和三郎は激しく胸を打つ鼓動の音を聞いていた。

こんな自己主張をするような者は即刻首をはねられても文句はいえないはずだった。だが、吹けば飛ぶような七十石の岡家の三男坊でも魂が芽生え始めている。

「よかろう。儂が書き付けを書く。屋敷に来たときに渡す。儂の屋敷は知っておるか」

「いえ、存じません」

「百間堀を挟んでこの黎明館の斜め向かいになる。ただし、屋敷に来るときはあちこち寄り道をして来るのだ。つけてくる者があるかもしれんからな」

「心得ました」

一応そう返答したが、自分のような部屋住みを見張っているやつなどいるわけがないとあきれていた。そもそも勘定奉行という重鎮が、ひとりで武田道場にやってきて自分のような扶持米《ふちまい》も得ていない者を呼び出すこと自体、尋常なことではない。

何やら秘密めいた臭いがすることは、何事につけ兄から「こんじょし（馬鹿者）」と蔑まれてもあっけらかんとしている和三郎にも嗅ぎつけられる。よく分からなかったが、自分が何らかの陰謀めいた計略の、一片の駒に使われようとしている気がした。

勘定奉行の森源太夫《げんだゆう》は、立ち上がると懐から頭巾を取りだして頭を覆った。でかい目玉がぎろりと目を剝《む》いた。笑ったのだ。

「手っ甲、脚絆《きやはん》、草鞋《わらじ》、それに火打ち石はこちらで用意しておく。そのこともおぬしの兄には伝えてある。値が張るし、急にはそろえられんじゃろ。弁当は出立までに作らせる。それからな、屋敷に来るときは辻斬《つじぎ》りになど遭わぬように用心しておくことだな。近頃は土屋領にも怪しげな者どもが入国しておるでな」

乾いた笑い声が頭巾の中からこもって響いた。武田師範が奉行のあとに続いて立ち上がり、戸を開けて廊下で奉行を待った。和三郎は平身低頭してふたりの足音が遠ざかるのを聞いていた。何か妙な雑音が聞こえてきたので頭を上げると、それは高鳴る心音だと気付いて、誰もいない師範の部屋でひとり首筋を撫《な》でていた。

二

組屋敷に戻ると、兄はもう城から戻って普段着に着替え、居間で茶を飲んでいた。すでに弟のことは組頭から聞き及んでいて、「修行人とは名誉なことだ。せいぜい気張るがよい」と仏頂面でいった。

嫂《あによめ》の松乃《まつの》はいつにも増してかいがいしく働いたとみえて、「こちらに旅の支度はととのえてあります。草鞋は森様の方でご用意して下さると聞いていますが、山道は難儀します。余分に入れてありますゆえ」と形のよい唇を横に長く引いて笑顔をみせた。お歯黒が行灯《あんどん》に沈むのをみて、和三郎は「ご造作をおかけんな」と礼をいった。

すかさず下女のタキが隣の四畳半に夕餉《ゆうげ》を運んできた。何から何まで準備がよいのに、和三郎は少々面食らった。いつもであったら、空《す》きっ腹をかかえて兄の帰りをじめついた部屋で黙然と座って待っているのである。毎晩、腹が鳴るたびにみじめさに打ちひしがれた。

今夜の膳には「アラレガコ」が載っていた。鯰《なまず》のようだが背鰭《せびれ》が逆立っている。暴れ川の九頭竜《くずりゅう》川に棲息《せいそく》するが、もともとは秋から冬にかけての高級魚で五月に見ることは稀《まれ》である。

普段は「イトヨ」というトビウオの親分のような魚が膳に載る。イトヨは町内各地にある湧水池《ゆうすいち》に棲息しているので子供でも釣れる。味は悪くないが、背中と腹に棘《とげ》があるので釣り上げたあとは子供の手には負えず、近くの大人に魚の口から針をはずしてもらっている。

イトヨにくらべると、アラレガコは上級の武士でなければ口に入らなかった。江戸へ発つ義理の弟への嫂の気遣いに違いないと感謝しながら、いつか自分も嫂のような気だてのよい嫁をもらいたいものだと願っていた。

飯も特別に玄米を搗いたものである。通常は米一升に稗《ひえ》一合をいれる。女の場合は稗二合となる。里芋に青菜の入った汁がつけられているのはいつもの通りである。和三郎は嫂に遠慮して飯は二膳だけにして、仕上げに鼠《ねずみ》もちの木から摘んだ葉っぱの茶を飲んだ。

「今夜は勘定奉行の森様の屋敷に行くと聞いとるが、急なことで儂にはよく分からん。どういう事情になっとるんだ」

兄が部屋に入ってきて、立ったまま聞いた。うらにもよう分からんのや、と応えて道場に勘定奉行がじきじき現れて、和三郎に命じたことを正直に兄に伝えた。

それで内密にしろと奉行から命じられたことは破ってしまったことになる。

兄は端整な顔立ちをした男である。首を傾《かし》げた姿は噂に聞く京の公家《くげ》のような品格が備わっている。

「逐電せよとは、森様も無茶なことをいいよるな」

「じゃから勘定奉行様の書き付けを今夜もらうことになっておるんや。そこには藩命による武者修行じゃと書いてもらうんだ」

「奉行の書き付けなど無用じゃ。それより大事なのは手札《てふだ》じゃ。これをもらうのを忘れてはならんぞ。これは和三郎の身分を保証するものじゃからな。どこの藩道場でも手札を見せれば受け容《い》れてくれるはずじゃからな」

「いずれ逐電者の扱いを受けるうらに、藩はほんなもん出してくれるか」

「手札がなければ関所も通ることができんぞ」

兄は厳しい表情でいって弟を睨《にら》みつけた。

「出さんというんなら、この話は断れ。うぬは捨て駒にされるぞ」

端整な顔が青鬼のようにどす黒くなった。和三郎の腹の底が冷えた。

「手札ですね。分かった」

奉行の書き付けより藩の手札だな、と和三郎は胸にしっかり畳み込んだ。

野山藩土屋家では二十五階級の職制をとっていて、勘定奉行といえば藩の重役には違いないが、等級でいえば小姓頭と同じ七等級である。土屋家の家計を握っているのだから相当偉そうに思えるが、実際は町奉行のひとつ下の等級になる。

「明日出立すると聞いたが」

「おい、明朝七ツじゃ」

「気ぃつけね。儂はどうも気がかりじゃ。殿が重病で臥《ふ》せっておられるときじゃというに、家中ではきな臭い動きが出てきておる。江戸におられる嫡子の直俊様の身に異変でも起きやせぬかと儂は心配しとるのじゃ。わめの急な江戸行きも、何ら関係しておるんやないかと思うておるんじゃ」

和三郎は心配顔の兄を見上げて一笑にふした。

「うらなんか何の価値もないさ。お家騒動とやらはもそっと上の方の出来事やでな」

和三郎はそういって嫂が用意してくれた旅支度の品を点検した。挟み箱ではなく背負い袋には肌着、褌《ふんどし》、薬、荒縄、矢立、草鞋、足袋《たび》などがきれいに整えて入れてある。財布もあり、開くと二朱銀が四個入っていた。およそ一両の半分である。貧しい岡家にとっては大変な物いりである。

「姉上、この金子《きんす》は無用です」

「江戸まではそれでは足りましぇんね。分かっているのですが、急なことで……」

言葉を濁した嫂を助けるように和三郎はいった。

「江戸行きは一応藩命ですので、路銀は勘定奉行からもらい受けます。これはしもうとくんね」

和三郎は財布から四個の二朱銀を取りだして畳に置いた。嫂が困った様子でいると、奥から父がよろよろと出てきて、お、金子じゃ、金子じゃと呂律《ろれつ》の回らない口調でいって両膝をついた。和三郎は父の手を払って二朱銀を嫂の手に戻した。

その間も兄は、じっと腕を組んで鴨居《かもい》に掛けられた槍《やり》を眺めていた。

「和三郎、江戸ではどこに住まいするのじゃ」

「は？」

「藩邸には入れんぞ。分かっちょるのか」

そうか、三男坊といえども逐電したら藩籍からは抜かれる。それどころか追われる立場になるのだ。やっかいなことになったと和三郎は嘆息した。

「この話、断るわけにはいかんのか」

「もう承知してしまったことやって。それに江戸には是非とも行ってみたいやざ」

「しかし、このままではおぬしは密偵のような役目を負わされることになるかもしれんぞ。いや、どうも儂には……」

兄は腕を組んでむつかしい顔をした。そういう強張《こわば》った表情をすると、兄の端整さは益々《ますます》目立ってくる。土屋領には陰鬱なツラをした侍しかいないと常々和三郎は思っていた。

和三郎は野袴《のばかま》を穿《は》いて離れの隠居部屋に行った。そこで眠っている母、静《しず》の枕元に座り、そっとその額を撫でた。母の湿りが指先に付着した。母にとっては三男の和三郎だけが気がかりだったことはよく承知している。

算術に長《た》けた次男の与次郎《よじろう》は、御算用者の柴崎《しばざき》家に婿入りして三十俵を切米としてもらっている。与次郎の岳父は四十俵をもらっており、合わせて七十俵の収入は土屋領では中流より少しばかり上にあたる。

妹の佳代《かよ》は十二歳になった一昨年から、二代前の土屋直義、亡くなった現在は安光院《あんこういん》と呼ばれている六代目領主の弟にあたる、中村甚右衛門《なかむらじんえもん》の隠居所に子守り役として雇われて住まいしている。赤子は四歳になる中村甚右衛門の孫であるが、どういういきさつで妹の佳代が先々代の弟にあたる偉い方の孫の子守りに選ばれたのか、和三郎には見当がつかない。

それに中村甚右衛門の息子忠太夫《ただだゆう》は健在で、他家に養子に入ったとはいえ、祖父が孫を預かる理由が和三郎には分からない。

中村甚右衛門は先々代の弟だが、側室の子であった。それ故姻戚にあたる中村家を継いだと聞いているが、そういった天空の事情には和三郎はまったく関心が向かなかった。ただ、母の静に似た美しい少女に育った妹の佳代が、窮屈な岡家にいるより、たとえ子守りでも大身の家で暮らす方が幸せになるだろうと思っていたばかりである。佳代は上の二人の兄とは歳《とし》が離れすぎていたせいで、いつも和三郎にまとわりついていた。和三郎も佳代を愛していた。

三男の和三郎は剣術には取り柄があったが、どの家中も幕閣の老中の目を気にして、身を縮めている時代にあっては剣などは無用の長物となっている。それでどこかに三男の婿の口がないものかと探している内に、母は心の臓に異常をきたして動けない体になってしまったのである。妻が病気で臥せっていることも理解できなくなった父は、妻を親戚の叔母《おば》さんと呼んでいる。

しばらく母の寝息を聞いてから和三郎は居間に行かずに、背負い袋を肩に回して玄関に向かった。兄と嫂が見送りに出た。嫂の腕には息子の祐介《ゆうすけ》が抱かれている。二歳になったばかりの甥《おい》っ子はよく眠っている。

草鞋を履いて刀を差し、竹刀《しない》と防具を入れた袋を肩に担ぎ、菅笠《すげがさ》を手にして

「では」とだけ和三郎はいってふたりに頭を下げた。

「随分あっさりと行ってしまわれるのですね」

松乃はそう呟いて目頭を押さえた。色男の兄には町娘だけではなく武家の子女も街角に隠れて下城する姿に熱い視線を送っていた。上司からの縁談もあり、同輩どもの中には誰を嫁に選ぶのかと賭けをする者も出てきたが、兄が娶《めと》ったのは意外にも四十俵二人扶持の徒士目付《かちめつけ》の次女の松乃だった。

控え目でおとなしく、これといって目立ったところのない平凡な容貌の女を嫁に選んだとき、家中の者はあやつの目は曇っておると陰でせせら笑った。もう孕《はら》ましたのではないかという者さえいた。

しかし、目が曇っていたのは同輩どもの方だった。嫁になってからの松乃は磨かれたように美しくなり、きめ細やかで雪のような肌は道行く町娘をも振り返らせた。

それになんといっても松乃は澄んだ心をもっていた。心配りも細やかで、義母が寝たきりになった今は、下の世話もタキに任せずに自ら微温湯《ぬるゆ》を置いて丁寧に

拭いている。惚《ぼ》けた義父に対しても、嬉《うれ》しそうに話を合わせている。厳しい内所の中で岡家の膳に載る料理の味がうまいのも、松乃のおかげなのである。

「磨けば光る」

和三郎は兄の眼力に畏敬の念すら抱くようになった。

門の外まで兄と下男の茂助《もすけ》が見送りに出た。達者でな、とでもいうのかと思って兄を振り返ると、その口から意外な言葉が吐かれた。耳にした和三郎は、まさか、と呟いたまま暗い夜道に目を向け続けた。

三

寅の刻（午前三時頃）の天空はまだ青黒い。東の空に目を凝らすと、墨汁に縁取られた山の影が立ち塞がっているのが望見できる。

その薄闇の中に潜んでいた黒装束の賊がふたり、和三郎を襲ってきたのは、百間堀を背にした勘定奉行の屋敷を出て、下町《しもまち》口の堀を渡った雑木林にさしかかったときである。

そこから侍長屋がひしめき合う八間《はちけん》通りに入り、三番町《さんばんちょう》通りの町屋を抜けて勝山道《かつやまどう》に続くなだらかな上り坂を行くつもりだった。提灯《ちょうちん》を持って傍らを歩く森家の若党は、町屋を抜けた足軽長屋まで足元を照らす役目を負っていた。

侍屋敷と堀との間に広がる雑木林では、昼間は子供たちが竹刀を振り回して遊んでいるが、夕餉の時刻になるとふっと人影が途絶える。北風が吹くと梢《こずえ》ががしゃがしゃと骨がぶつかるような音をたてる。辻斬りが出ても不思議ではない不気味な闇が広がっているが、その代わり辻斬りの餌食になるような人の姿もない。

格別用心していたわけではないが、出立間際に兄から耳打ちされたことが気がかりになり、森家の屋敷を江戸に向かって出で立《い》つとき、刀に柄袋《つかぶくろ》はかけずに出た。幸い森家の用人も奉行も眠っていたので、和三郎の不調法はとがめられずにすんだ。

それ故、賊が闇から鋭い一撃を放ってきたとき、和三郎はぎょっとすると共に、肩に担いだ防具袋を投げ捨てると、刀を素早く抜いて相手の初手を受けることができたのである。

むしろ初手の居合いをはずされた賊の方が驚愕《きょうがく》したようだった。そのため賊の二の手が遅れた。

隙を見逃さず、和三郎は相手の手首を下から素早く斬り上げた。大柄で肩の張った賊はいきなり目覚めたようになって後方に回転した。

和三郎は追わずに、右斜め前方にいた二人目の相手の喉元に切っ先をあてた。そのとき連れていた若党が、道の窪《くぼ》みに足を取られてひっくり返った。その若党の持つ提灯の明かりが賊の異常に窪んだ眼窩《がんか》を照らし出した。

相手はひるまずに剣先を突きたててくると、和三郎にかわす間も与えずに逆胴から今度は真一文字に真剣を振り下ろしてきた。鋭い剣だった。

半歩下がって受けるのが精一杯だった。だが、何とか食い止めると、和三郎は背中を見せて走りだした。逃げたのである。

黒装束に覆面をした相手は、呼吸をするのが困難になる。それで敵を一撃で倒そうとするが、一旦はずされたら次の手が出にくくなる。一刀流も一撃必殺の剣だが、敵にはずされても何十手でも続けて追いつめる訓練を積まされているのである。

逃げる和三郎をひとりが追ってきた。半丁（約五十五メートル）ほど闇の中を侍長屋に向かって走ったところで背負い袋に衝撃が加わった。同時に和三郎は急に止まり、振り返りざま、剣を下方から賊の腹に向けて斬り上げた。

賊の荒い呼吸音を背後で聞きながら、間合いを計って打ち倒したのである。重い手応えが痺《しび》れとなって腕の付け根に伝わってきた。人を斬ったという興奮もおののきもなかった。

一息ついている余裕はなかった。後方に回転した最初の賊が体を丸めて追ってきていたからである。和三郎も賊に向かって走った。薄闇がその乱闘の間にやや灰色の色合いを染め出してきていた。

それが幸いした。間際までできた賊の姿が急に消えた。その烏天狗《からすてんぐ》のような不気味な姿が灰色に沈んだ空に浮いていた。落ちてきた切っ先が氷柱《つらら》のように一瞬光った。

和三郎は反転して刃《やいば》を立てた。突きだした剣先に重みがかかった。丸まった体が傍らに落ちてきてこもった絶叫をあげた。絶望的な声だった。和三郎の剣先は賊の右足の裏から脹《ふく》ら脛《はぎ》を刺し貫いていた。

素早く起きあがると、和三郎は賊のみぞおちを拳で突いた。相手はそれで失神したはずだったが、和三郎は今度は柄元で喉を打った。刀を鞘《さや》に納めると、下げ緒を引きだして右足を抱えて呻《うめ》いている賊を縛ろうとした。だが、賊がすごい力で暴れたため和三郎は後ろに飛ばされた。重傷を負ったはずの賊は六尺近い大男で、片腕を振っただけで唸《うな》り音が出た。

（こやつは化け物か！）

賊は半身を起こして近くにあった長刀に手をかけた。和三郎は尻を叩《たた》いて立ち上がると、刀を抜いて賊の脇をくぐり、素早く後ろに回って賊の後頭部を刀の峰で力の限り打ちつけた。鈍い音が響いて賊の頭が落ちた。和三郎は落ちついて刀を鞘に納めた。そのとき刀が真ん中からぽっきりと折れていることに気がついた。

「おい、ちょっこし、手ぇ貸しとくね」

呆然《ぼうぜん》としている若党に声をかけると、若党は急に体を震わせた。

「何者ですか、こやつらは」

「それをこれから調べる」

和三郎はふたりの黒覆面を順に取った。暗い上にふたりとも色黒なのではっきりとは分からないが、腹から血を流して死んでいる男はまだ若く、がっしりとした体格をしていた。

後頭部を峰で殴りつけられて、足の裏から血を流しながら気絶している大男は剃髪《ていはつ》で、黒い僧衣を身につけている。発達した筋肉が腕と胸元を盛り上げていた。暗い中でもひどい乱杭歯《らんぐいば》が目立った。ふたりの顔に見覚えはなかった。

「こいつらを知っているか」

いえ、と若党は震え声で応えた。

「奉行の屋敷までこいつらを引き立てていく。まず、この乱杭歯を縛り上げる」

気絶している大男をふたりがかりで縛ると、さあて、と和三郎は溜息《ためいき》をついた。息絶えている賊の姿が、打ち倒された杉の大木のように水色の混じりだした空からの淡い光に浮き上がっている。

「ここに置いておくわけにはいかん。死んでいる男はおまえが担いで行けね」

「うらがですか」

若党の語尾が震えている。まだ十五、六歳の若者だ。剣術の心得もあるようには見えない。

「担ぐのがいやなら両足を引っ張って行くんだな」

「ほっちの賊はどうするか。気絶しているようですが」

「起こして片足で歩かせる」

そういうと、和三郎は野袴の片方をまくり上げて下帯の脇を引き上げ、逸物《いちもつ》を取りだすと賊の顔に向かって小便をしだした。若党は唖然としている。目を剝きだした大男は蛸入道《たこにゅうどう》のようなツラになって顔を左右に振った。

「立って歩け」

和三郎は蛸入道の背中を蹴飛ばした。よろよろと起きあがった賊は、せきたてられるままに歩き出したが、途中で足の痛みに耐えかねたのか、四つん這《ば》いになって野良犬のように涎《よだれ》を垂らした。若党は呻き声をあげながら死体を引っ張っていく。和三郎は道端に放り投げた竹刀と防具袋を拾って袋についた泥を払った。

四

こいつは僧兵か、と勘定奉行は筵《むしろ》に寝かされた僧形の大男を廊下から見下ろして呟いた。時刻はようやく五ツ（午前七時頃）になり、登城の支度を終えて奉行が内庭に現れるまで、和三郎は気絶している賊の足の裏から脹ら脛にかけて、止血しながら控えていたのである。息絶えた賊を引っ張ってきた若党は、青ざめた顔で筵に巻いた屍《しかばね》を前に白濁した汗を浮かべている。

「永平寺《えいへいじ》で座禅でも組んでおったのかの」

「そうでありましたのなら、相当不埒《ふらち》な坊主でございましょう」

剣禅一如《けんぜんいちじょ》のツラ汚しだな、と和三郎は思いながらいった。奉行の森源太夫はフンと鼻を鳴らした。

「それより、なぜ、早く始末してしまわんのだ。儂の屋敷にこんなやつをいつまで置いておくつもりじゃ」

奉行は不快なモノを見たというように顔をしかめた。奉行のその態度に和三郎は微《かす》かに憤りめいたものを感じた。この肩骨の張った僧形の打ち込みをかわすのは、容易なことではなかったのである。勝敗は間一髪で和三郎に分をもたらしたが、髪の毛一本分の遅れがあったら骸《むくろ》になっていたのは和三郎の方だった。

同時に奉行の不遜な言い回しを聞いて、怪しげな影が胸のあたりを覆ってきた。

「そもそもおぬしはここで何をしておるのだ。さっさと城下を立ち去らんか」

廊下に佇《たたず》んだ奉行は、庭に片膝をついてかしこまっている和三郎を、まるで仇《かたき》を見るように憎々しげに見つめて言い放った。思い掛けない奉行の言葉に、和三郎の胸を覆っていた影がいきなり巨体となって立ち上がった。腹の中が沸騰したようになった。

「御奉行様。うらは城下を出る間際に、この者たちの待ち伏せに遭ったのでございます」

「それは最前聞いた。それとも褒美でも欲しいと申すか」

「褒美はいりませんが、なぜうらのような者が待ち伏せに遭ったのか、わけをお聞かせ下さい。もうひとつ、昨夜お約束頂いた旅費にいささか注文がございます」

「注文とは何じゃ。一両では不足か」

「お約束は五両でございました」

今朝よろよろと起きてきた用人が手渡してきたのは、六十二匁《もんめ》の保字銀《ほうじ》といわれる丁銀だった。果たしてそんなものが嘉永《かえい》の時代に通用するのかとまず疑問に思った。江戸では随分前に丁銀は使われなくなったと聞いている。

それに銀六十二匁では金一両にも満たない。それは百十五年も昔の吉宗《よしむね》公の元《げん》文《ぶん》時代の為替換算であって、わずか十六年前の天保《てんぽう》八年に発行された丁銀とは純銀の含有量も異なる上に、計算そのものにごまかしがある。今の時代では諸物価の値上がりで銀七十五匁相当が一両にあたるはずだった。

越前《えちぜん》野山から江戸まで東海道をつかえば百四十一里。中仙道《なかせんどう》に入れば百三十九里。だが美濃《みの》路は峻嶮《しゅんけん》な山道が続き、日にちを要する。参勤交代では少なく見積もっても十二泊することになるが、ひとりであれば出立から十日目には江戸に入ることは可能だ。

それにしても元文時代の文字《ぶんじ》銀であればまだしも、改鋳で質の落ちた保字銀六十二匁の路銀は少なすぎる。宿代、弁当代、草鞋銭など全て含めると十日間で少なくとも六十匁は必要となる。そうなると無一文で江戸に入ることになる。下屋敷にすら草鞋を脱ぐことが許されない田舎侍が、どのような手段で剣術修行をすればよいというのか。

「道場で稽古するとなれば、束脩《そくしゅう》も道場に渡さなければなりません」

「なんじゃそれは」

「入門料です」

この人はとぼけてるのか、と怪しみながら和三郎は答えた。

「金子はもう出せんな。おぬしほどの腕があれば何とかなる。どこぞの旗本の侍になる手もある。侍という仕事があるのを知っておるか」

「旗本屋敷に雇われている武士でございますか」

「まあ、そうじゃ。武士でなくともそれらしく見えればよいのじゃ。そういうことでな、江戸に出ても食い扶持くらい稼げるじゃろう」

森源太夫はそういうと、脇に控えていた用人とふたりの若党を従えて、横を向いて奥座敷に向かって一歩足を進めた。

「このお話、お断り申し上げます」

奉行が二歩目を踏む寸前に和三郎は声をあげた。奉行がこちらを振り向くのが目の隅に映ったが、構わずに内庭から池を半周して門に向かった。

（ふざけるな。なにが何とかなるだ。逐電の身で、何とかなるわけねえやろう。もうやめだ）

この話、断るわけにはいかんのかといった兄の言葉が蘇《よみがえ》った。兄は何かきな臭いものを感じていたのだ。それで出発間際に、

「これは単なる噂なのだが」

と和三郎に耳打ちした。

「おぬしの兄弟子にあたる原口耕治郎のことだが、あやつは病いということになっておるが、実はおぬしと同じように内密に江戸行きを命じられたらしい。だが途中闇討ちにあって深手を負って療養中だという者もおる。充分に気をつけろ」

兄はそれ以上何もいわなかった。和三郎は黙って頷《うなず》き、夜の中に入っていったのである。

傍らを足軽が走ってきた。そのすぐ後ろを先程屍を奉行屋敷に引っ張ってきた若党が喘《あえ》ぎ声を出してついてきた。

「岡様、お待ち下さい」

若党が通せんぼをするように和三郎の前に回り込んできた。それからおがむように袖を摑《つか》むと激しく咳《せ》き込んだ。和三郎が屈《かが》み込んだ若党の背中に掌《てのひら》をあて

たのは、暗い内から和三郎の世話をするために付いてきたおかげで闇討ちに遭い、しかも死闘を目の当たりにして腰を抜かしていた上に、賊の死体まで押しつけられて、さぞかし肝を潰したことだろうとおもんぱかったからである。

「あわてるな、奉行はもう追いついた」

奉行を乗せた駕籠《かご》がすぐ横にきて止まった。引き戸が開くと牛蛙《うしがえる》のようなこんもりとした人影が揺らいだ。勘定奉行程度の身分の者が、駕籠で登城するほど野山藩の藩庫には金銀がうなっているのかと和三郎は憮然《ぶぜん》とした。ではおれに惜しんだ五両の金は何だったんだと不快に思ったからである。

「このまま逐電すればおぬしはお尋ね者になるぞ」

「その前にここにいる者をみな斬り倒します」

和三郎はあわてずに供侍と中間《ちゅうげん》、若党、駕籠かきを見回してから奉行を凝視した。昨日、初めて声をかけられたときに抱いた畏れは、いつの間にか疑念に変化している。

そっと和三郎は柄に手をかけた。駕籠の傍らについていた侍の目玉が回転して白光を放った。

「ぐっ……」

思い掛けない反応に出会って奉行はあわてたようだ。和三郎は右足を後ろに引いた。御前試合では披露することはないが、一刀流の極意は居合い抜きにある。斬れ、と脳が命じたときには真剣は対象の頭蓋骨を真っぷたつに割っている。いま、和三郎の脳は待機状態を指示している。

「冗談だ。おい、木嶋《きじま》も鎮まれ。岡、話がある。このままついてこい。おぬしに会わせたいお方がおる」

駕籠の引き戸が閉ざされると駕籠が上がり、ゆらりゆらりと進み出した。

勘定奉行の屋敷は、重臣の住まいする柳町《やなぎまち》のさらに東側にあった。町奉行、勘定奉行も上士であり、住まいする屋敷はそれぞれ三百坪ほどの敷地にある。その一角と柳町とは岩積みの長塀で隔てられている。

奉行を乗せた駕籠はその長塀の北の端に置かれた番所を抜け、柳町の屋敷群を横目で見て百間堀を渡って下大手門《しもおおてもん》を通っていく。

その北端に建った長屋門を構えた屋敷の前でいったん駕籠は止まった。そこは三の丸あたりで、代々家老職につく由緒ある家系の屋敷が、それぞれ土塀を隔てて建ち並んでいる。領主土屋家の住居の奥には、力強い夏の空を突き立てるように天守閣が聳《そび》えている。

脇門から出てきた門番がうやうやしく頭を下げると、門が重々しく開かれた。門番がふたり、左右から門を開いたのだ。いきなり広大な邸内が眼前に現れて和三郎は、おおっ、と歓声をあげた。駕籠はそのまま敷石を踏んで進んでいく。和三郎は隣で頭を低くして歩んでいく供侍に、よう、と声を出した。

「ここはどなたの屋敷だ」

重臣、それも四、五名いる家老の誰かの屋敷だろうと見当をつけて尋ねた。供侍は頭を下げたままギロリと横を睨んだ。この部屋住みの若造が生意気な口をきくな、というらだちと嘲りがその歪《ゆが》んだ頬骨に浮いている。

「お年寄りの田村《たむら》様のお屋敷である」

声を潜めて侍はいった。供侍の給金は年三両ほどである。貧乏侍は年寄りにも敬意を払うのか、と和三郎は自分より十歳ほど歳上のうだつの上がらない供侍を哀れに思って眺めた。

五

「おぬしは存ぜぬだろうが田村半左衛門《はんざえもん》殿は長く家老職にあられたお方だ。家督をご子息に譲られてからはいったんは隠居を申し出られたのだが、安光院様のたっての頼みでご用人をされることになった。そのご用人を辞されたあとも、お年寄りとしてお屋敷を与えられておられるのは、土屋家に多大なる功績があったからだ」

安光院様は一昨年の嘉永四年三月に亡くなった。生前、家督は次男の忠国様が嗣《つ》がれたが三年余りで領主を解かれ、わずか二十六歳で隠居の身となって現在は居館を自ら出て、二の丸の外、北西の丘に隠居屋敷を建てて住まいしている。

現藩主の忠直様は安光院様の長男であるが、母が軽輩の娘の側女《そばめ》ということで長らく藩政の外に置かれていたのである。

前藩主の忠国様がとんでもない不埒者であったことは和三郎も聞いていたが、その後どのような経緯があって隠居の身となったのかは、万事に無頓着な和三郎の知るところではなかった。

藩主交代の話を耳にしたときもお上のことには興味を覚えず、背丈が伸びるばかりの自分の身をもてあまして、こんな狭い国でずっとくすぶって暮らすのはかなわんなと退屈していただけである。

「一応、おぬしのことは数日前からお年寄りにはお伝えしてあるが、今朝は突然のことではあるし、なぜ武田道場の者を伴ってお伺いしたか説明するのにいささか手間取る故、おぬしはしばしここで待っておれ。のちほど呼ばれるだろうが、田村様の前に出てもただ頭をさげておればよい。路銀のことなどおめおめ口にするでないぞ」

御広間で待たされている間、奉行はくどくどと和三郎に呟いた。不作法が体を覆っているように奉行には思えたのだろう。家士《かし》に呼ばれて昼でも長く暗い廊下に足を踏み入れるときも、振り返った奉行の目玉が鉛色に沈み込んで睨みつけてきた。和三郎は今になって痛んできた右肘をさすっていた。

奉行が戻ってきたのは四半時（約三十分）ほど後のことだった。中間を従えず、自ら田村半左衛門というお年寄りのところまで案内した。それが思った以上に遠い。どこまで行くのかと思った頃、奉行はいきなりドタッと音をたてて廊下に膝をついた。外から訪《おとな》いをいれて障子を開ける手が強張っている。

「森、どうした、早く入れ」

脇息《きようそく》に肘をついた干涸《ひか》らびた猿のような老人は、そう嗄《しわが》れ声でいうと、廊下でかしこまっている奉行を訝しげに見つめた。奉行は額を両手に押しつけて、

「この者が岡です。いたって不調法です故、お年寄り様をわずらわせることがありましてはと……」

といってあとは言い淀《よど》んだ。その声が分厚い唇と廊下の狭い隙間でくぐもった。

なるほど、と和三郎はそのとき思った。「お年寄り」というのは単なるジジイということではなく、家老職と同等の権力者であるらしいということが、勘定奉行のへりくだった態度で分かったのである。そして、これまで和三郎に対して偉そうに「逐電せよ」と命じてきたのも、実は田村半左衛門という年寄り職にある元家老の指図であったということも和三郎は理解した。

だが、なんだか相当偉そうな人なので面と向かって老人に尋ねるわけにもいかない。それで部屋の中に招じられた奉行が、

「部屋住みの三男であるこやつは、それがしの推挙によって剣術修行のため江戸に派遣されることになったのでありますが、今朝江戸へ発つ際にふたりの賊から闇討ちをしかけられ、それで怖気《おぞけ》をふるって江戸へは行かぬと突然申し出て逃げ出したので、急いで咎《とが》めたところ、不遜にも逆らって反撃してきましてな」

などと丸めた舌でぐちゃぐちゃと喋《しゃべ》るのを、いい加減なことをぬかしやがると思いながら頭《こうべ》を垂れて聞いていた。奉行の口にした内容にも腹を立てていたのだが、それはすでに説明したはずではなかったのか、お年寄りの部屋で何を相談していたのか、という疑問も湧き、和三郎はにわかに奉行の態度にきな臭いものを

感じだした。時折り、お年寄りの痰《たん》を吐く音がしたのでこれはもう先が長くないなとも思っていた。

「岡要之助《ようのすけ》の息子だそうだな。岡は達者か」

惚けてます、とはいえず、はあ、毎日釣りをして暮らしておりますと答えた。

「釣り？　岡が釣りをしていると申すか。惚けたか」

あっさりと田村半左衛門は言い放った。隠居後父が釣りをしだしたことは事実だが、それが惚けた証拠だとみている人がいるとは思ってもみなかったことだ。

（この爺ィ、ただ者ではないな）

「岡要之助には先々代の殿が江戸にてお目見えにあずかったあとも随分と世話を掛けた。そうか、惚けたか。心労が重なったのであろう」

田村は開け放たれた障子から庭木を眺めながら掠《かす》れた声で呟いた。一介のうだつのあがらない小納戸役の父のことが、家老という重臣の口から出てきたことが不思議だった。それに先々代の殿といっているが、それはお年寄りが、今の忠直様と弟の忠国様をひっくるめて現藩主にたとえていっているのであって、現藩主忠直様の祖父にあたる五代目土屋義崇《よしたか》様のことを指しているのだろうと和三郎は推察した。すでに八十歳になっておられるが、今もご健在である。

（そのような方を、あの惚けた親父《おやじ》殿が世話をしたというのか）

「森源太夫は言葉が足らんのでどうにも要領を得ない。要するに、おぬしは藩から正式に剣術修行の許可状が出ないのが不服というわけだな」

「さようです」

「今朝、出立間際に何者かから襲われたため役目に疑念が生じたのだな。そのため森からの密命は聞けぬということだな」

「その通りです」

七十歳は過ぎていると思われる田村の言葉に無駄はなかった。

「襲ってきた者の正体は分かったのか」

お年寄りは勘定奉行の方に目を向けた。

「恐らく、原口のときと同じ者かと」

原口と聞いて和三郎の心が波立った。でがけに兄が囁《ささや》いた言葉が再び胸に反響した。

（原口さんのときと同じ者ということは、やはり闇討ちに遭ったちゅうことか）

和三郎の思いには無関心に、ふん、と鼻息を吹いたお年寄りは白濁の始まった老人特有の目を天井に向けていた。そのまま彫像のように動かずにいる。成仏し

たか、と和三郎が思いだしたとき、

「違うな。じゃが、もう襲ってはこんだろう。すぐに出立することじゃ」

固まった田村の口から乾いた殻のような言葉が転がり出てきた。

「その前に事情をお教え下さい。なぜ私が襲われなくてはならんのですか。あの狼藉者《ろうぜきもの》はいったい誰の指図で待ち伏せなどしたのですか。どうして私が今朝奉行様の屋敷から江戸に出立すると分かっていたのですか。ご奉行様は何も申されてはいませんでした」

和三郎は一気に喋った。その無名の若者を、四百騎を超す藩士を束ねることもできる元重役が、冷たい光をたたえた細い目でみつめている。

「岡、なんとかいったな」

「和三郎です」

「いくつじゃ」

「十九歳になります」

「字は読めるか」

容貌は申顔《さるがお》でただの老人だったが、その奥にある皺に囲まれた目が氷柱のように冷ややかだった。お年寄りという特別職についている田村半左衛門は、明らかに七十石の小納戸役で冷や飯を喰《く》っている三男坊を見下していた。

藩校である明錐館《めいすいかん》では漢学、手習いを主としている。朱子学の教授には江戸から呼び寄せた高名な学者もいる。和三郎は明錐館に行く傍ら、母方の叔父《おじ》にまず素読から教わり、「大学《だいがく》」「中庸《ちゅうよう》」と進んでから「論語《ろんご》」「孟子《もうし》」は藩校で習った。「大学」にある「物有本末、事有終始、知所先後則近道矣（物に本末あり、事に終始あり。先後する所を知れば、すなわち道に近し）」という格言は剣の道に通じると思っている。

野山藩は六代目藩主の土屋直義公の頃から学問が盛んだった。それは若くして隠居した次男で正妻の子の忠国には伝わらなかったが、兄の現藩主忠直公に引き継がれた。

忠直公がまだご壮健で江戸にいた頃、何度か藩邸に佐久間象山《さくましょうざん》を招いて講義を受けたことがあると兄から聞いたことがある。初めて聞く名前だったが、象山が漢学、洋学ともに通じていて、ことに砲術に詳しいと知って、もし江戸に出る機会があれば、自分も佐久間象山の門下生の末席にでも加えてもらいたいものだと和三郎にしては殊勝なことを考えた。大砲も鋳造するという象山という人物が、この狭い国に存在しているということが驚嘆すべきことだったのである。

田村半左衛門から字は読めるかと聞かれた和三郎は、読めるとも読めないともいわずにただ黙っていた。田村は若党に硯《すずり》と紙を用意させると、墨に筆を浸して何やら書き出した。その指先が震えている。書きながら田村はいった。

「いま野山藩土屋家はふたつに分かれている。そのことは部屋住みのおぬしも聞き及んでいることであろう」

ははあ、前藩主の忠国様がまたよからぬことを企《たくら》んでいるという話だな、と和三郎は思ったが、やはりここも田村の問いかけに対して黙ってかしこまっていた。

「知らんのか」

田村は生気のない顔を上げて上目遣いに部屋住みを睨んだ。

「政治向きのことは私のような者には無関係なことですので」

そう答えた和三郎をまるで落ち武者をなじるような目つきで眺めた田村は、手にした紙にいかにも面倒だという表情で再び筆を落とした。

「忠直公には直俊様という嫡子がおられる。まだ幼い故、将軍家とのお目見えは叶《かな》わぬが、次に土屋家を継がれるお方であることは重役一同納得済みじゃ」

そこでお年寄りはカーッと雄鶏《おんどり》が絞め殺されるような奇声をあげて痰をきった。

付き添いの若党がかいがいしく働いてお年寄りの吐きだした痰を手拭いで受けて

懐に入れた。汚ねー仕事だなと和三郎は思って見ていた。

「じゃが、ここにきて隠居していた前藩主の忠国様がとんでもない野望を抱きだした。いや、もともと隠居というのも父君の直義様、つまり安光院様がご存命のときのみせかけで、心の底ではご自身の藩主返り咲きを虎視眈々《こしたんたん》と狙っておったのじゃ」

「お年寄り様、そこまで岡に申されるはないでございましょう」

森源太夫が分厚い唇をへの字に曲げて横から口を出した。

「構わぬ。若い者はなにかと理由を知りたがるものじゃ。それで全て解決がつくと思っておる。歳を重ねて間違いに気付くのじゃが今はまあよい。腑《ふ》に落ちないまま江戸に赴くのは納得がいかんじゃろ」

田村はもう一度上目遣いに灰色の目を上げた。

「忠国様は忠直公の弟君であるが正室のお子だ。正統な嫡子であったお方だ。じゃが家中の者の妻に艶書を送ったり、それに相手が応えぬ時は呼び出して狼藉に及ぶなど、不行跡は数知れぬ。十九歳のときに越後《えちご》の村松《むらまつ》藩堀《ほり》家から姫を迎えられたが、半年で死に別れた。お子はなかったが、代わりに独身に戻ってからふたりの女子と男子一名をもうけられた。それが国松《くにまつ》様じゃ。今年五歳になられる」

前藩主の忠国に男子がいたというのは和三郎は初耳だった。それで思わず、ほう、と相槌《あいづち》を打った。森源太夫が鶏卵のような目を剝いて隣にいる和三郎を睨みつけてきた。

「それ以上は申すことはない。前藩主もお子の国松様も北の館で住まいされておる。つまり江戸の藩邸におられるのはお世継ぎの直俊様お一人なのじゃ。わずか七歳の直俊様が、いつ襲ってくるかもしれぬ刺客に対して孤立無援であるということなのじゃ」

そういってから田村半左衛門は一枚の書き付けを若党に手渡した。それが和三郎の元にきたのは奉行の手を経てからのことである。書かれてあることは簡単だった。

「先般、馬廻り組原口耕治郎が、田村半左衛門の家士を名乗る者たちの策略にかかって落命した。野山藩士屋家では申し出によって妹沙那《さな》に仇討《あだう》ちの免状を与えたが、沙那は女子で歳も十六歳と未熟である。よって原口の弟分である岡和三郎を原口沙那の後見人とする。

田村半左衛門

（花押）」

一読した和三郎はしばしぼんやりとしていた。その表情は余程間が抜けてみえたのだろう、勘定奉行が、どうした、親父殿と同じく痴呆《ちほう》になったかといって笑った。

「これで逐電ではなく堂々と仇討ちの助太刀《すけだち》ができるというものだ。田村様に感謝するのだぞ」

「お待ち下さい。仇討ちとはどういうわけですか。原口殿は病いで臥せっているはずです」

「死んだ」

無情な奉行の声が響いた。

「えっ？　いつのことでございますか」

「十日前じゃ」

「そのようなことは武田師範からも伺ってはおりません。これはどうしたことでございますか」

「原口の死は伏せておく必要があったのじゃ。騒ぎ立てると藩士に動揺が起きる。原口は江戸に出て直俊君《ぎみ》の護衛を務める役目を帯びていた。岡、岩本は存じておるな」

「勿論《もちろん》です。岩本さんは武田道場の師範代をしておられた方ですから」

近習の岩本喜十は江戸に行って直俊様付きとなっているはずだ。

「江戸下屋敷に勤めるはずの岩本の死体が笹又峠《ささまた》山中で発見されたのはほぼふた月前のことじゃ。めった斬りにされておった。この事件はなんとか抑えた。それでまた原口が同じ笹又峠で殺《や》られた。このことが世継ぎ争いにからんだことだと露見すると、幕府にも漏れる。お取り潰しに遭う恐れは充分にあるからの」

「おっしゃっている意味が分かりません。このご時世に取り潰しに遭う藩があろうはずがありません」

「あるのだ。遭わずとも国替えになり石高が半減することになるやもしれぬからな。越前野山にはすでに秘密の心得方が潜入しておる」

秘密の心得方？

和三郎の表情を見て取った奉行は自信ありげに頷いた。

「公儀隠密《おんみつ》だ」

この上、公儀隠密のことにまで頭を悩ませなければならないのかと和三郎は落胆した。公儀隠密は通商を求めてやってきた亜米利加《メリケン》の船艦に穴を開けるべく暗躍していればいいのだと思った。

「その原口の役目をおぬしにやってもらう。逐電したとみせかけたのはそのためじゃ。藩命で江戸へ剣術修行に出したとあっては、またおぬしが襲われるかもしれんからな。それに敵方がさらに結束して強固に脹れあがる」

もう襲われたじゃねーかと和三郎は思った。

「そうなると直俊君のお命がますます危うくなる。じゃから、おぬしの存在は秘密にしておく必要があった」

それで行き着く先は仇討ちの助太刀かと和三郎は嘆息した。いずれにしても密命を帯びた陰の存在であることには変わりがない。

「仇討ちの後見人になれば藩邸に寝泊まりすることは叶うのですか」

「それも月に二度ほどにしておけ。本所菊川《ほんじよきくかわ》の下屋敷じゃ。くれぐれも目立たぬように行動せよ。それからできうる限り敵方の動静を探って、儂のところへ報告することは昨夜申しつけた通りじゃ」

奉行は昨日と違って「敵方」とはっきり口にした。それに対して直俊君を護《まも》るのはお年寄りの田村半左衛門様、勘定奉行の森源太夫であることは理解したが、では肝腎の家老たちはどちら側についているのだと和三郎は訝しんだ。

「では、それがしが江戸に発つことが事前に漏れていたというのは、どうしてですか」

「我らの側に敵方の密偵がもぐり込んでいるということじゃ。しかし、おぬしが成敗してくれたおかげで、その敵方の正体がはっきりした。忠国が自分の子、国松を直俊君に代わって世継ぎにしようと画策しておるということじゃ」

（自分が襲われたのは事実だが、あの僧兵のような入道が、前藩主忠国の差し金だとどうして分かるのだろうか）

少し考えてから和三郎は奉行と田村半左衛門を交互に見つめて口を開いた。

「私は敵方の首魁《しゆかい》、忠国公の密命を受けた刺客をおびき寄せる囮《おとり》だったのですね。それでご奉行の屋敷からわざわざそれらしく見せかけるために出立させた」

う、うと唸った奉行は、突然、原口の妹沙那は存じておるなと話題を変えた。

「何度も原口の家には行っておるじゃろ。なんせ土屋小町と噂される美貌じゃそうだな」

「はい。ですが、沙那様をお見かけしたのは一度だけです」

話題を変えた奉行の策に乗ったふりをして、和三郎は沙那の話題にあえて応じた。郷村に代稽古に出掛けた後は、よく原口の家に寄って村役人の家々からもらった野菜や芋などを届けた。焼酎をもらったときは、原口家の座敷に上がって焼き魚や田楽をたらふく食べた。和三郎は酒を飲まない。

沙那が肴《さかな》をもって現れたのは一度だけで、それも黙礼をしただけで奥に引っ込んでしまった。その隙のない美しさに腹の中が動転したが、その後、沙那が和三郎の前に姿を見せることはなかった。

四度目に原口家に行ったときは余程嫌われているからだろうとあきらめた。和三郎の兄は上士の娘が頬を染めるほどの優しげな美男子だが、同じ兄弟でも九歳年下の和三郎はむしろいかつい容貌を持って生まれてきた。

「沙那様も江戸に向かわれるのですか」

「四十九日が過ぎたら、仇を捜す旅に出ることになる。下屋敷で落ち合え」

「仇が分かっているのですか」

「田村様の名前を騙《かた》った者が旅の前夜に原口を呼びだしたとき、応対した妹が見ておる。じゃが月もなく明かりは提灯だけじゃからな、相手は笠をかむっていたし、沙那にはしかとその者の顔は見えなかったそうだ」

「それではどうやって仇を捜し出すのですか」

「顎に痣《あざ》があったそうじゃ。でかい痣から毛が生えていたと沙那はいっておた」

おい、と嗄れ声を放ったのはお年寄りである。禿鷲のような獲物を狙い定めた目つきが突き上げてくる。

「岡の小せがれはアホウではないわ。さすが血は争えんな。森源太夫よ、おぬしの方が余程抜けとる」

血が争えないというお年寄りの言葉が、和三郎の喉に刺さった。

「御前、そのようなおたわむれを……」

「岡和三郎よ、争いの後で疲れているじゃろうがすぐに出立するのじゃ。江戸に着けばおいおい事情も分かるじゃろう」

「出立します。それにつきましては手札と路銀を頂戴いたします」

和三郎はすましていった。ジロリと奉行が横目で睨んだ。

「手札はすぐに用意させる。路銀は森から受け取っておるはずじゃ」

「頂きました。ですが、金五両のはずが銀六十二匁に値切られました。その上私は刺客の待ち伏せに遭いました。今度は千両頂きたく存じます」

田村半左衛門は大口を開けて呆然とした。森源太夫は座ったまま腰を抜かした。

「せ、せ、千両などと、た、た、たわけたことを抜かすな」

当直の目付の炭火代すら惜しむという勘定奉行は、ぬめった舌を空中に泳がせた。

「では百両で結構です。お年寄り様のご命令ということで、森様に金蔵から出して頂きます」

和三郎はお年寄りに向かって頭を下げると、右手に刀を持って立ち上がった。そのまま暗い廊下をどんどん歩いて玄関に向かった。草鞋を履いて荷物をかかえて背中に回したとき、奉行があわただしく追いついてきた。

「お、お、おぬしというやつは……」

まだふがふがとやっている。前日道場で初めて見たときの貫禄《かんろく》は脱ぎ払って、ただの小太りの初老の男になっている。

「百両ご用意願います」

とだけいって和三郎は玄関口を出て敷石を踏んだ。もう奉行屋敷に戻って路銀を受け取る気になっている。

六

和三郎は背の高い男である。ぬっと狭い玄関に上体を差し入れてきた男の影を見て、奥から出てきた松乃は息をのんだ。兄の壮之助はすでに城に上がっている時刻になっている。姉上、和三郎ですという声を聞くと胸に手をあててしゃがみ込んだ。

「どうなされたのですか。江戸に向かわれたのではないのですか」

驚きは一瞬で消えたようで嫂の声はいつものようにしっとりしていた。

和三郎は草鞋を脱ぐとすぐに居間に入った。そこで後からきた松乃に懐中から包みをふたつ取りだして手渡した。

「五十両あります。田村半左衛門というお年寄りから百両もらってきました。半分は姉上が預かって下さい」

これは、と呟いた松乃の声がさすがに震えている。それは岡家のおよそ二年分の給金だった。さらに和三郎は財布から一分銀四十枚を数えて取りだした。物価高騰の折り、それでようやく十両になる。

「これは兄上へ酒代だといってお渡し下さい。今日の私は金持ちなんです」

日焼けした顔をほころばせた義弟を、嫂は不思議そうに見上げている。

「姉上は、兄上からお世継ぎのことは何かお聞き及びですか」

「いいえ、何も。ほんなことはうらには何もおっしゃらん方ですで」

嫂の白い頬が揺れている。ふと和三郎は原口の妹の沙那の顔を思い出した。兄の仇討ちを申し出たというのは自分の意志なのだろうか、と訝しむ思いが浮かんだ。

「どうやら領内で揉め事が起こっているようなのです。私の江戸行きも単なる剣術修行ではなさそうです」

「ほんなに危ないことなのですか」

といって和三郎を見上げた松乃は次に視線を義弟の上衣《うわぎ》に移した。ひどい汚れ、と呟いた。

「母上は休んでおられるだろうが、ご挨拶だけでもしておきたい」

和三郎は嫂をおいて母、静の寝所に入った。心の臓を患っている母の寝間から微かに薬種の匂いがした。

母はその名前の通り、静かに眠っている。ようやく四十代の後半にさしかかった母の顔色は青味を沈めた白さに染まっているが、その気品は京人形のようだと、かつて噂されたことが証明される程、まだ充分に美しかった。兄壮之助の美男子振りは母の容貌を写し取ったものなのだろう。

その母の頬にそっと指を置いた。輪を描くようにやわらかく指先でなぞった。

小さな寝息がその指にからみついてきた。

　確かに美しい母だったが、ふたりの兄にはやさしかったのに末弟の和三郎には厳しかった。叔父から漢学を教わったのも母に命じられたからだった。あるいは蘭学《らんがく》に興味をもつようになることも、母は見通していたのかもしれない。

　狭い盆地の中だけで育てられた田舎の女とはどこか違っていた。見かけだけでなく、母は京の公家屋敷で育てられたのだろうという人も昔はいたという。

　少しの間、母の眠った顔を見下ろしていた和三郎は、懐中から十両を取りだして母の枕の下にいれた。嫂が義弟のすることを襖《ふすま》の前に座って見つめていた。そういうことには口を挟むことのない頭の良い人だった。

　外から人の声が聞こえてきたので和三郎は片膝を立てた。そのとき袖を摑まれた。母が薄く目を開いて、かげろうでも透かし見るように和三郎に顔を向けている。

「母上、お達者で。藩命により和三郎はこれから江戸へ参ります」

　枕に頭を置いたまま頷いた母は、次に上体を起こそうともがいた。和三郎はその肩を押さえた。

「このままお休み下さい。雪が降るまでには戻ります。ご心配なさらぬように」

細い母の指がまだ袖口を摑んでいる。和三郎はその手をそっとはずして立ち上がろうとした。そのとき母、静の唇が動いて弱々しいがはっきりとした声が洩《も》れてきた。

「あれに脇差が……」

母の視線が桐《きり》の簞笥《たんす》に向けられている。そこには季節ごとの着物が畳んで入れられていて、茶箱の横には小引きだしがいくつかある。和三郎は戸惑った。母の持ち物とはいえ、女の服飾品の入った簞笥を開けるのは男子のすることではないと思ったからである。

様子を察した松乃が畳をすべるように歩いた。そして簞笥の取っ手を引いて左右に開いた。次に着物を収めた引きだしに指先を置いた。

母はゆっくりと頭を横に振った。次に松乃は小物を入れた戸棚を開いて中にあった白木の鞘に入った脇差を取りだして姑《しゅうとめ》に見せた。静がわずかに頷くと、それを抱いて持ってきて姑の手に握らせた。

「これをお持ちなさい」

母が差しだしたのはごく普通の一尺五寸の脇差である。白木の鞘をそっと抜くと無反りの上身《かみ》が現れた。無骨な刀身だが、岩石をも砕くような気迫が秘められている。

部屋住みの和三郎はいつも木刀を差して町を闊歩《かっぽ》している。城の下大手口にある明錐館に上がるときだけ太刀を差す。だが、脇差を差すほどの身分ではなかったので持っていない。父の脇差はすぐ上の与次郎兄が婿入りするときに持っていった。江戸期のものだったが柄に鮫皮《さめがわ》が巻かれる装飾がほどこされていた。いま、和三郎が手にしているのは当然茎《なかご》を覆う柄の部分も白木の鞘が被《かぶ》せられている。こざっぱりしているが味気ない。

「何故母上が脇差などお持ちなのですか」

そう尋ねたが、母は薄い唇にそっと微笑《ほほえ》みめいたものを浮かべただけだった。

和三郎はもう一度脇差を見つめ直した。

焼きの入っている上身から茎に移る鎺下《はばきした》には、一寸ほどの鎺《はばき》が固く被せられている。注意深く見つめるとそこには小さく紋が彫り込まれている。それは岡家の丸に剣鳩酸草《けんかたばみ》の家紋ではなく、なにやら丸に俵が六つ描かれているような風変わりな家紋だった。この家紋は、と尋ねようとしたとき、

「お腹《なか》を、あたたかくして」

と母がささやいた。

「母上も気丈にならなくてはいけません」

「そうですね……」

そういうと二重瞼《ふたえまぶた》の両目をなごませた。和三郎は頷いて今度はしっかりと立ち上がった。

背後で様子を見守っていた松乃は、義弟が玄関に向かうのを押し止《とど》めて上衣と野袴の汚れを払い、いくつかあるほころびを和三郎を立たせたまま繕った。最後に糸を前歯で切った松乃は、義弟の上衣の袖をまくり傷口をぬるま湯で洗うと、傷に効くという薬を擦り込んだ。

脹ら脛から太股《ふともも》にかけての傷は思いの外深かったとみえて、松乃に薬を塗られると鈍痛が脳天にまで走った。

「これは尋常な勝負でできた傷でやありましぇんね。あと半寸深う斬られていたら、片方の足は使い物にならなくなってました」

さらしで傷口を強く縛ると嫂は立ち上がってやわらかく微笑んだ。黒い瞳が美しかった。磨けば光ると誰かがいった言葉をもう一度思い出した。

外に出ると、勘定奉行の屋敷から付き添ってきた若党が、まとわりついてくる犬から逃げまどっていた。早朝から酷《ひど》い目に遭った若党だったが、まだこきつかわれているようで、和三郎が領外に出るところを見届けるように森源太夫から命じられているらしい。

「姉上、母を頼みます。妹の佳代には、いずれ宿下がりで帰ったときにでもお話し下さい。あ、それから親父殿には金子は決してお渡しにならんように」

そういうと、松乃は口元に手を当てた。目が笑っている。それでも義弟が頭を下げると、大きな瞼が急に濡《ぬ》れた。半丁ほど歩いて町屋のようなつくりの長屋を見返した。見送る嫂の姿が広い空の下に可憐《かれん》に佇んでいる。

視線を北に向けると、先細りの天守閣が梢の間から伸び上がっている。この城下にまた戻ることがあるのだろうかと和三郎は思って少し感傷的になった。

朝の風はまだすずしい。和三郎は若党を従えて人のいない堀沿いの三番町通りを北に向かい、足軽の住む長屋の細い路地を抜けると、足を北東に向けて勝山道に続く道に入った。

七

土屋領は直径二里半（約十キロメートル）ほどの円形の越前野山盆地の中にある。盆地には六つの村が納まり、盆地の東、飛騨高山《ひだたかやま》方面に向かって広大な六箇《ろっか》村があり、南の美濃方面には野山盆地より大きな吉谷村《よしたにむら》が隣接している。

山岳地帯に囲まれている野山盆地は周囲を冠山、若丸山《わかまるやま》、屏風山、白山《はくさん》、越山《えつざん》らの古代から続く巨木の茂った山々が行く手を阻み、東は薙刀山《なぎなたやま》、野伏岳《のぶせがたけ》、西に向くと左門岳《さもんだけ》、平家岳《へいけだけ》、滝波山《たきなみやま》の尾根がからみあって景色を濃緑に染めている。

野山を出た和三郎は杉の山中を足速に行く。ついてくる森源太夫の若党は和三郎の防具袋を担がされた上、一時半（約三時間）も急坂の続く山道を歩かされて、呼吸が荒くなってきた。ゼーゼーという喉鳴りが和三郎の耳に聞こえてくる。

おお、という歓声が若党の声から洩れたのは山の頂きに近い峠に出たときである。美しい円形の野山盆地が眼下に広がっているそこは花山《はなやま》峠と呼ばれているところで、福井から来た旅人も美濃からやってきた商人も、深い杉林を抜けた開放感に包まれて、一様に広々とした水田がつづくのどかな光景に目を奪われる。大抵の者はそこで持参した弁当を喰《く》い、水を飲む。

和三郎は立ち止まらずに若党を置いたまま杉の山中に分け入った。あわてて若党が小走りについてくる。五丁（約五百四十五メートル）も行かない内に息が荒くなった。どこか遠くから杉に斧《おの》を入れる乾いた音が響いてくる。杉の切り倒しはこの時期に行われ、雪が降る季節になると、材木を雪上にすべらせて足羽川《あすわがわ》に落とすのである。流された材木は越前福井に向かう。和三郎はその足羽川に沿ってまず美山《みやま》まで行くつもりである。

「下荒井《しもあらい》はもう過ぎたのでねえのですか」

必死の形相で横に寄り添ってきた若党が茹《ゆ》であがった顔面をさらしてようやく声を出した。下荒井か、と和三郎は歩みを止めずに呟いた。その先に九頭竜川の渡し舟が待っており、大渡《おおわたり》から勝山に続いている。

「勝山には行かん」

「行かん……では油坂《あぶらざか》峠を越えて美濃白鳥《しらとり》に向かわれるのですね」

森源太夫には美濃白鳥から中仙道を江戸まで行くと伝えてある。今朝は野山を出ると笹又峠を越えて、南に向きを変え、蝿帽子《はえぼし》峠から美濃大河原《おがわら》村を通って岐《ぎ》阜《ふ》に出るつもりだった。それは前夜森源太夫から指示された道だった。

内通する者があると知って、再び出立してから和三郎は道順を変えたのである。笹又峠で道場の原口耕治郎は多分刺客の待ち伏せに遭っている。それを知っていながら同じ路《みち》を行くように指示した森源太夫の腹の内を計りかねている。

「油坂峠にも向かわん」

「ではどこから中仙道に入るのですか」

「どうでもよかろう。おぬしには係《かか》わりのないことだ。それとも隠居した忠国殿に内通して、敵方の者におれをどこかで待ち伏せさせるつもりか」

「め、滅相なことを」

若党は心からびっくりした顔で腰を引いた。

「いずれ江戸に行くのだ。安心しろ」

和三郎は緩い下りになった山道を坂戸《さかど》峠を目指して進んだ。坂戸の行き着く先は福井になる。土屋領はどこへ行くにも深い山と峠を越さなければならないが、丸い盆地にある分、陸路の街道は蜘蛛の巣状に広がり入りくんでいる。

穴馬《あなま》街道は野山と美濃境とを結ぶもので、その通過地点は三つあった。まず笹又峠を越える西道は笹又峠から大谷《おおたに》村に出て油坂峠を経て美濃白鳥に出る。

中道は木本《このもと》村から下若生子《しもわかご》坂を抜け、やはり大谷村から油坂峠に出る。勝原《かどはら》越えともいわれる東道は野山を出ると井ノ口《いのくち》村、西勝原《にしかどはら》村と抜け、杉木《すぎき》峠から大谷村、そして油坂峠に出る。いずれの道も油坂峠を越えて美濃白鳥から中仙道を行くことになる。

何か事があるとすれば油坂峠が怪しいと睨んだ和三郎は、それらの道を全て棄《す》てて、越前福井まで上ることにしたのである。

福井からは北国街道《ほっこく》と呼ばれる旅人が多く往来する道を敦賀《つるが》、木之本《きのもと》を通り関《せき》ヶ原《はら》に出る。関ヶ原から垂井《たるい》に向かうと急ぎの旅人は自然に中仙道に向かうことになる。

だが和三郎は垂井から美濃路に入り、大垣《おおがき》まで行くつもりでいた。その昔、松《まつ》尾芭蕉《おばしょう》という俳人が奥の細道で通った越後から越前、関ヶ原、大垣と歩いた道をなぞるつもりだった。大垣からは名古屋《なごや》城下を通り、宮《みや》に出る。そこからは東海道をゆっくりと江戸まで歩く予定をたてていた。

東海道にある宿場町は中仙道にあるものと異なって何やら楽しげでうまそうな匂いまでしてくるのである。まさか密命を帯びた冷や飯食いが、参勤交代で通る東海道を堂々と行くまいと、和三郎を今朝襲撃させた首魁は高を括《くく》っているはずだ。和三郎はその裏をかくつもりでいる。懐中に三十両という大金があることも和三郎を強気にさせていた。

八

杉の木に向かって野袴の裾をまくりあげて小用をしだしたのは、花山峠を越えてから半時(約一時間)ほど経《た》った頃である。美山に向かう傾斜の途中に作られた山道には往《ゆ》きかう旅人の姿もなく、杉林には鳥の鳴き声もしなかった。落ち葉にかかる小便の音を聞きながら、福井城下までは今日中に着くのは無理だろう、では美山の百姓家に素泊まりを頼んでみるかと考えていた。

喚《わめ》き声がしたのは小用が終わりかけている頃である。横を向くと、山道が曲がっているあたりで数名の者が揉み合っている気配がある。というより、ひとりの武士に対して数名の者が抜刀して襲いかかっている。悲鳴の合間に刃を交える音が鋭く響き渡ってくる。

「おい、何をしとる。助けに行きね」

和三郎はそこいらでうろうろしていた若党に向かって怒鳴った。和三郎の防具袋を担いだ若党は、ただわーわーと泡を喰っている。小用は終わりかけていたが終わったわけではない。仕方なく、自らの道具に指をかけたまま、

「こらーッ！」

と怒声を放った。武士を取り囲む者たちの間に動揺が走ったようで、囲みが崩れた。その内のひとりの侍がこちらに向かって疾走してきた。抜き身の平地《ひらじ》に木漏れ陽《び》が当たって金色に輝いた。

「逃げるな。殺されるぞ」

腰砕けになった若党に首を回して元気づけると、若党は意を決したようにまず防具袋を置き、柄袋を放り投げて刀に手をかけた。だが切っ先まで抜ききれず柄を握ったまま反転した。居合いの稽古がまるで未熟だった。

土を蹴るあわただしい音がすぐ近くまで来た。こやつ、と歯をむき出しにした侍の片方の鼻が潰れている。ひでえツラだ、と思ったとき小用は終わった。

腰を振って雫《しずく》を落とし、野袴の裾を下げたとき、侍の右肩に担いだ刀から刃が振り落とされた。

和三郎は落ちついて腰を引き、敵の刀の軌跡を見切って柄に手をかけた。

素早く抜刀した刀身が侍の腹を真横から斬ると、惰性で落ちてきた侍の刀がだらしなく肩筋に擦《こす》れて侍が倒れてきた。腹からはおびただしい血が噴き出ている。

和三郎は絶命した侍をまたいで争いの場に走った。ふたりの侍が旅姿の武士に刃を向けている。何カ所か刺された武士は真っ青になって震えながら鞘に入った刀で応戦している。どうやら刀を抜く間もなく襲われたらしい。

「おい、これはどういうことだ。貴様らは追い剝ぎか。それとも刺客か」

血を吸った刀を右手で下げたまま和三郎はふたりの背中に向かって問い質した。

同時に血管の浮き出た四つの目玉が振り向いた。長い顎を持つまだ幼さの残る若侍は、和三郎に向かっていきなり切っ先を突き立ててきた。和三郎は軽くかわした。

「やりおったな。では相手になる。おれは岡和三郎ちゅうものだ。ただし、気いつけね。今朝おれは闇討ちに遭って機嫌が悪い。峰打ちなどと柔《やわ》なことはせんぞ。そのつもりでかかってきね」

そういうと、ふたりは申し合わせたように互いの目の奥を探った。

「本気だぞ。ほれ、あそこでおぬしらの仲間がもう地獄に行っておる。晩酌の相手が欲しいと待っておるぞ」

「こ、こやつ」

顎の張った若侍が吠《ほ》えながら唾をとばした。それから八相《はっそう》に構えて和三郎の出方を探った。背後にいる旅の武士は山の斜面に体を預けて、横に丸まって震えている。

「おい、旅の方、こいつらは何だ」

構えながら和三郎は旅の武士に聞いた。

「分かりません。私は江戸から蘭学を教えに来たもので……。えー……。いきなりここで襲われて……」

健気《けなげ》にも剣術とは無縁そうな若い武士は震えながらそう返事をした。いらだった長い顎の若侍は、このーッ、どあーッ！　とでかい声を放って飛び込んできた。和三郎の剣が一閃《いっせん》すると若侍の手から刀が飛んだ。そいつは右肘を握ってこれも妙に長い頭を激しく振った。

「わあー、ぎゃー、痛えー」

血が噴き出した腕を押さえて若侍は山道をのたうち回った。

「人に斬りかかるときはな、『どあー』などと叫ぶんでねぇ。黙って斬るんじゃ。ところで誰に頼まれた。それとも晩酌を待っているやつのところへ行くか」

痛みに涙を流している若侍の喉元に切っ先を突き立てた。その間も、残ったひとりが襲ってくる間合いを充分に計っていた。

和三郎が若侍に尋問する姿を隙と見たのだろう。

細い三白眼の目をした剣呑《けんのん》そうな田舎侍の顔が、日干しされた大根のように伸びて三尺の間合いを素早く詰めてきた。斜め上から振り下ろされた刀は、次に下から斬り上げてきた。鋭い振りだった。

和三郎の頭の中で閃《ひらめ》くものがあった。

「貴様、原口耕治郎さんを騙《だま》し討ちにしたな」

細い三白眼が一回り大きくなった。

「顎に痣はなさそうだがな。いや、待て、貴様をどこかで見たことがあるぞ」

血相を変えて斬り込んできたのがその答えだった。和三郎は下がらずに三寸踏み込んで刺客の脳天を砕いた。声もたてずに倒れた侍の頭から脳がはみでた。見ていた若い蘭学者が女のような悲鳴をあげた。

「おい、どうする。一度冥途に行ってみるか。それとも誰に命じられたか吐くか」

斬られた片肘を押さえ、地面に両膝をついている若侍の喉にもう一度血糊《ちのり》のついた剣先を突き立てた。若侍は必死で頭を左右に振った。

「痛い。痛いじゃねえか」

「痛いだろうな、肘の腱《けん》を斬ったからな。だが死ねば痛みはなくなるだろう。おれは死んだことがないので分からんが、おまえはすぐ分かる」

若侍は多分和三郎と同じ部屋住みの者なのだろう。見た覚えがないのは大川道場の者だからだろう。剣筋も神道《しんとう》無念《むねん》流のようだった。無念流は八相の構えを好む。

待て、討たんでおくんね、と若侍は喘いだ。

「うらが命じられたのは飯塚《いいづか》というお方だ。四日前からこのあたりで待ち伏せしろといわれた。二両もらった」

「飯塚とは何者だ」

「よく知らん。うらは織田《おた》陣屋で割元《わりもと》をしていた者で、城下には来ることはめったにない。痛い、死にそうだ」

おい、と和三郎は若党を呼んだ。溶けたローソクのようになって青白く佇んでいた若党はびくつきながら寄ってきた。

「血止めをしてやれ。薬箱の中に止血薬が入っちょる。こいつの下帯を取ってちょん切れたところを巻いてやんね」

「下帯ですか。この人の褌を取るのですか」

「強く巻くんだぞ。あ、おぬしはなんといったかな」

聞かれた若党は不機嫌そうに舌打ちをした。

「小太郎《こたろう》です。名前を聞かれたのは今が初めてです」

そうだったかと呟いて和三郎は陣屋の割元だという、色黒で顎自慢の若侍を見つめ直した。土屋領の南西に織田鎌坂《かまさか》と呼ばれる郷があり、天保九年に置かれた西方《にしかた》代官所を織田陣屋と呼んだ。割元は陣屋代官の下の年貢方のさらに下の手代に仕える者で、虫けら同心と同役のどうでもいい使いっ走りである。

「その飯塚というやつは忠国という名を出していなかったか」

「いや聞いておらん。ただ伊藤《いとう》という江戸から来る蘭学者を討てと。その男は野山藩に禍《わざわ》いをもたらす者だといわれたんじゃ」

「飯塚が野山藩ではどの役についているかも知らんのだな」

「知らん。あ、褌がはずされた。四日間替えていないんじゃ」

「動かないでくれ」

若党が傍らでぶつぶつ呟きながら止血をした傷口に褌を巻いている。

「その飯塚というやつの顎に痣はなかったか。毛が生えているやつだ」

「あった。えばりくさったいやなやつだった」

「歳はいくつくらいだ。それとツラ構えはどうだ」

「歳はうらの親父くらいじゃったから四十過ぎか。痣は顎だけじゃのうてこめかみにもあった。それになんだか火山の岩石みたいなツラであちこちにあばたがあった。うらが会ったのは六日前のいっときだけじゃ。あとは何も知らん。ほんまじゃ」

「そうか。まあいい。どうせおまえは死ぬんだからな」

「えっ?」

先細のこんにゃくヅラの割元を置いて、和三郎はまだ呆然としている旅の蘭学者のところに行った。蘭学者は山の斜面からずり落ちた格好で両膝を斜めにそろえて溜息をついている。泥の付着した上衣にいくつかほころびがある。斬られた部分から血が滲《にじ》み出ているが、まだ放心から覚めないせいか痛みを感じないのだろう。

「蘭学者といわれましたか」

洋学には関心があるので和三郎の口調も丁寧なものになっている。

「はい。伊藤慎蔵《しんぞう》と申します。野山藩士屋家の当主忠直様と私の師、緒方洪庵《おがたこうあん》が懇意にされているということで、私が適塾《てきじゅく》から野山藩の洋学指南として派遣されて参りました。しかし、これは一体どういうことでしょうか」

実直な表情が改めて死体を目の当たりにして怯《おび》えている。この平和な時代に刀傷すら目にすることは稀だった。怯えるのも無理はなかった。

「見たとおりです。私はこれから江戸に参らねばなりません。あなたが今口にされた忠直様は病気で臥せっておいでです。訪ねてゆかれれば御喜びのことでしょう。おい、小太郎」

呼ばれた小太郎は薬箱をかかえて小走りにやってきた。手当をしろと命じられると思ったのだろう。しかし、和三郎の口から出たのは思い掛けない言葉だった。

「伊藤様のお供をして洋学館の会所までお連れしろ。また途中で襲ってくる者があるかもしれん。そのときは……」

といって和三郎は伊藤慎蔵と小太郎を見比べた。

「頑張るように」

伊藤は青ざめて震えた。小太郎は頰を紅《あか》くしている。ふたりとも不安なのである。

　和三郎は自分の荷物をひとまとめにして防具袋に押し込み、肩から背中に回した。両手を空けたのは不意の襲撃に備えてのことだった。

「待っとくんね。うらの役目は岡様の行方を見届けることじゃ。それにひとりでは伊藤様の護衛はようつとまらん」

　汗を流して小太郎は泣き声をあげた。伊藤慎蔵も地面にへたりこんだまま、すがりつくような視線を送ってきた。

「どのようなお役目か存じませんが、あなたは剣術遣いのようだ。どうか野山城下までご一緒頂けないか」

教養を積み過ぎて額が狭まった伊藤は、ようやく起きあがって小柄な体を屈めた。

「伊藤殿、あなたはおれにまだ礼をいっていない」

「は？」

「おれはあなたを迎えるためにここに来たわけではない。たまたま通りかかっただけだ。山道なのでやむをえず助けたが、いわばおれは命の恩人だ。そのおれに礼もいわず、さらに野山まで供をしろとは身勝手過ぎる」

「こ、これは失礼致した。無礼があったことはお許し願いたい」

「では金子を頂きたい。申し訳ないというのなら金で誠意を示してもらいたい」

そういうと、伊藤は激しく狼狽《ろうばい》した。懐や荷物やあちこちに手をやっているが、本気で金を探している様子はない。

「じ、実を申せばそれがしは銭はもっておらんのです。父は長門《ながと》国の萩《はぎ》で町医者をやっていますが、これがすごい貧乏で、私も入塾した頃は水炊きの大根を食って空腹をしのいだくらいでして、醬油《しょうゆ》も買えず、まったく味気ない大根でした。ここまでの道中も路銀が充分でないので、まるで托鉢僧《たくはつそう》のようにしてようやくやってきたわけでして、銭はないんです」

伊藤は情けなさそうに下唇をかんだ。そういわれれば身につけている着物も木綿の生地で、まるで丁稚《でっち》が着るほどの古着だった。

「いくらお持ちかの」

「それが……」

伊藤は首から吊《つる》してある袋状の巾着を取りだして中にある銭を掌にばらまいた。十三枚の銭が全てだった。それでは蕎麦《そば》一杯食べることすらできない。

「これだけか」

「はい。これだけです」

洟《はな》をすすり上げた。二十代の半ばになっているだろう伊藤には、確かに貧乏神が取り憑《つ》いているようだった。和三郎は財布から一分銀四枚を取りだして、まだ広げている伊藤の掌に載せた。

「こ、これは」

「白々しく驚かんでおくんね。一両程になる。野山に入ったら会所で風呂を浴びた後、喜久膳《きくぜん》という料理屋に行って精をつけとくんね。野山の上士はみな吝嗇《けち》ゆえ、学者には上等な料理は食わせるものではないですで」

和三郎は防具袋の紐《ひも》を胸の前できつく締めた。喜久膳に上がるのは和三郎の夢でもあった。

「いずれまたまみえることもあるやろう。蘭学で殿の病気がようなればよいのだが。では、御達者で」

和三郎は、掌に落とされた四枚の一分銀にじっと目を落としている伊藤慎蔵に背中を向けた。今にも泣き出しそうな小太郎の顔が目の隅を掠《かす》めたが、別れを惜しんでいるときではなかった。ただ、日があるうちに美山に行くのは無理だ、今夜は野宿だ、とあきらめ気分で思っていただけである。

「あの、ご貴殿のご姓名は岡といわれたか?」

「岡和三郎です」

いったん振り向いて答えた。

「江戸へはどのような御用向きで参られるのか」

「仇討ちの助太刀です」

「仇討ち。どなたの仇討ちですか」

「すごい美人じゃ」

山道は緩く下っている。後ろを向いたまま手を上げて和三郎は小走りに歩いた。

喘ぎ声で、待ってくれ、と背後からいったのは肘の腱を斬ったはずの若侍である。

和三郎は立ち止まらずに歩き続けた。

「待ってくれ。うらはこれからどうなるのだ」

織田陣屋の割元は和三郎の袖にすがりついてきた。軽く払うと、若侍は前にのめって回転した。座り込んだ姿が仏様のようになっている。

「先程うらのことをいずれ死ぬといわれたが、あれはどういうわけだ」

「決まっているだろう。討ち損じたのだ、陣屋に戻ったら飯塚の一味に殺されるに決まっている」

「し、しかし、まさか岡様が出てくるとは、出てくるとは思わなかった、出てくるとは」

「うるせー。人を幽霊みたいにいうな。腱を断ったからひと月ほどは剣は持てんぞ。それまでどこかに逃げて隠れているんだな」

「岡様が出てくると知っていたら、師範代も今度の仕事はお受けにならなかったはずだ」

「師範代？」

「御前試合のとき岡様にただの一刀で斬り伏せられた大川道場の師範代だ。それがもとで入り婿の話も破談になった」

「その師範代がこの仕事を請けたというのか。どこにいる」

「あちらに」

若侍はあぐらをかいて地面に座ったまま先程乱闘のあった方を指さした。頭から脳と血を流した三十代の貧しげな風体の刺客が、不様に惨殺されて残されている。

「あいつがそうだったのか」

どうりで鋭い剣を遣うはずだと思った。

「幸の薄い人生じゃったな」

そういって行きかけた和三郎の前に飛び出してきた若侍が両手を広げた。

「なんだ、通せんぼなどイヤだぞ」

「うらを供にしてくれ。何でもやる」

「たわけ者。原口さんを騙し討ちした仲間を供にできるか。おれに殺されなかっただけ幸いだと思え」

奉行の若党といい陣屋の割元の若造といい、なんと調子のいいやつらだ、あきれるわいと和三郎は腹を立てた。そう思うとますます足が速くなる。次に猛烈に腹が減ってきた。昼餉をまだとっていなかった。いったいおれはこれからどうなるんだ、と憂鬱な思いを腹の底に沈めて歩き続けた。

（一日の内に三人を斬り殺し、ひとりに致命傷を与え、陣屋の下っ端にまで傷を与える人生なんて、この先ろくなことがあるはずがない。こんな越前野山とはもうおさらばだ）

　和三郎はそう胸の内で呟きながら杉の梢が抜けたところに広がる空を見上げた。下の谷から木々を縫って吹き上がってきた風が汗ばんだ胸をすくった。とにかく江戸に行こう。逐電、出奔、欠落《かけおち》、なんでもよい。自由に、勝手気儘《きまま》に生きてやろう。そう思っていた。

第二章　風変わりな修行人

一

竹刀《しない》に防具袋を担いだ顔の大きな武士から声をかけられたのは、大垣の城下の八幡《はちまん》神社に参詣して、鳥居を出てきたときである。男は菅笠《すげがさ》を被《かぶ》っていたが、顔はその笠の陰からはみ出すほどでかい。

前夜、北国街道の木之本宿で宿をとって早立ちし、荒れ地と山を越えてようやく黒い雲の覆う関ヶ原を抜けて中仙道に入り、垂井宿から美濃路を進んできた和三郎は、腿《もも》の筋肉が震える程に疲労していた。それでまず境内の奥山に出ていた湧き水をたらふく飲んだ。それから参拝し、柏手《かしわで》を打った。武士から声をかけられたとき、和三郎の唇の脇にはまだ水滴が付着していた。

「率爾《そつじ》ながらお尋ね申す。おぬしは修行の旅でござるかな」

大きい上に鰓《えら》の張った顎を持つ男は和三郎より大分歳上《としうえ》で恐らく三十を過ぎて

いる。袴《はかま》をつけているがそれも大分汚れている。

「ほうでごぜんす」

と和三郎は答えた。侍の第一印象はなんだか肥えた川獺《かわうそ》のようなやつだなというものであった。それで自然にそっけない返事になった。

「ほう、おぬしは越前か。では今夜は修行人宿に泊まられるのじゃな」

「はあ」

返答が頼りなげになったのは、修行人宿には福井城下の宿で一夜泊まったことがあるだけで、そもそもそう呼ばれる宿があることさえ旅に出るまで知らなかったからである。

福井の宿の主《あるじ》が藩道場での稽古を手配したが、幸い相手方になんらかの事情があり、当分は修行人を受け容《い》れることはできないと返答があったので、翌朝、日の出る前に宿を発《た》った。急いでいたのは花山峠から続く山道で、兄弟子原口耕治郎を暗殺した一味のひとりを、脳天から斬り裂いたことが頭にあったからである。

原口への刺客を命じた飯塚という顎に痣《あざ》のある男が、血相を変えて美濃路を急いで和三郎を追ってくる幻影も脳裏に浮かんでいた。

「儂《わし》も今し方大垣に着いたところでな、これから宿に向かうところじゃったのじや。では一緒に参ろうか。確か、高砂町《たかさご》にあったはずじゃ」

武士は懐から分厚い書き付けを取りだして、下唇を震わせて何かを読んでいる。どうやら旅籠《はたご》の名が書き連ねてあるらしい。和三郎は男の斜め後ろについて川沿いの静かな道を歩いていった。

幅五間（約九メートル）ほどの川には荷を積んだ舟が往来している。川を越えた向こうには城郭があり、壮麗な本丸には四層四階の天守閣が堂々と夏空に向かって聳《そび》えている。

本丸を囲んで二の丸、三の丸、竹の丸、それに松の丸の他、なにやらいくつか城壁が立っていて、夕方の橙《だいだい》色を含んだ強い日差しを受けて甍《いらか》が黒光りしている。城全体が要塞の構えに造られている。さすが美濃国随一の十万石の雄藩だと和三郎は感心した。

「おぬしは若いのう。いくつになられる」

「十九になります」

「明年になっても二十歳か。いやあ、実にお若い。その歳で剣術修行に出られるとは相当腕は立つのじゃろうな」

「はあ、いいえ、山国ですから、てんで田舎剣法です。江戸で強い人と立ち合えるのが楽しみです」

和三郎は天守閣から目を柳の枝に向けてそう答えた。細長い柳の葉の間から、菅笠の陰になった男の四角い目玉が振り返った。緩んだ頰肉が張った顎の上にのっている。

旅立ちの前に黒装束の殺人鬼どもから襲われ、山道でも真剣を振り回してかろうじて身を護《まも》った者としては、謙遜していったのだが、内心では少しばかり剣客になった気がしている。

「姓名は何といわれる」

「岡和三郎と申します」

「さようか、で、越前のどこから来られたのじゃ」

その質問を受けて、答えていいものかどうか、和三郎は躊躇《ちゅうちょ》した。かねてから和三郎は剣術修行に出た場合に備えて、旅の心得帖《こころえちょう》をしたためていた。書にして持ち運ぶことがないのはそれがわずか十箇条ほどの簡単な文面だからである。その中に、「気安く話しかけてくる者には気を許すな」という一条があった。

「越前野山です」

そう答えてから武士と肩を並べるようにして歩いた。

「土屋家四万石か。藩主は八代目土屋忠直殿であったな。なかなか名君の誉れが高いと聞き及んでおる。おしむらくはご病弱であるそうだな」

無骨な武士の口からすらすらと言葉が流れてきた。和三郎はちょっと驚いて男の横顔を見直した。

「よくご存じですね」

「うむ、儂の知り合いが鯖江《さばえ》藩におってな、三國湊《みくにみなと》から日野川《ひのがわ》を上った白鬼女《しらきじょ》というところで船蔵を持っておった。もう、死んだであろうがな、なんせ吝嗇《けち》な爺《じじ》ィであったからな」

話の筋が見えない気がしたが、和三郎は黙って聞いていた。次に男は自分の姓名と出身地を名乗るのだろうと思っていた。

「お、ここじゃ。『松井《まつい》』と出ておる。なかなか格式のある旅籠のようじゃな」

男は菅笠の端を持ち上げて旅籠の看板を見上げた。そこらは宿が数軒並んでいるが、「松井」はその中でも造りが古風でしっかりしている。それに他の宿が板《いた》葺《ぶ》き屋根なのに、そこは瓦葺きである。思わずここは脇本陣ではないのかと和三郎は思った。

ここなら宿代は四百文はとられるな、と憮然《ぶぜん》として立っていると、男は菅笠を取ってさっさと暗い土間に入っていった。和三郎は防具袋を肩に担いであたりを眺めた。

番頭と問答する男のだみ声が聞こえていたが、顔の造作はともかく同じ剣術修行の身なのだから、信用してみようと思い直して、交渉は男に任せる気になっていた。

「岡殿、主がちょっととといっておる」

暖簾《のれん》から顔の片面だけを覗《のぞ》かせて男がそういった。

ちょっとといっておるという呼び方があるのか、と妙に思いながら和三郎は暗い土間に入った。まだ眩《まばゆ》い光を溜《た》めた夕方の空を仰いでいたので、中に入ると主人のツラに黄色や紅色の明かりが点滅している。

「主がおぬしの手札を見せろと申しておる」

「うちはお上の戸田采女正《とだうねめのかみ》様から修行人宿を仰せつかっております。修行人様をお泊めするにはお役人に届ける必要がありますので、手札を拝見しております」

慇懃《いんぎん》な口調で主はいった。その言葉にはなにやら若い和三郎を値踏みする様子がある。

和三郎は懐から手札を取りだした。福井の宿では土屋家家臣で剣術修行の者だといっただけで、手札を見せろといわれなかったが、ここでは格式を重んじているようである。兄にいわれて手札を入手したことが早くも功を奏したようである。

和三郎の差しだした手札を舐《な》めるように見ていた主は納得したのか、番頭に部屋に案内するように申しつけた。

ふたりは並んで腰を下ろし、草鞋《わらじ》を脱いで、盥《たらい》にくまれた水に足をつけた。宿の小僧が足の指の間につまった泥をせっせと掻《か》き出して洗っている間、男は主と何やら小声で話していた。

ちゃんと聞いていた訳ではなかったが、どうやら後から訪ねて来る者がいるらしく、それで男の名前が「多賀軍兵衛《たがぐんべえ》」ということも分かった。軍兵衛とは「随分勇ましい名前だ」と和三郎は思った。

宿ではふたりは同行者だと思ったようで、一緒に二階の六畳間に通された。角部屋なのでそこから北東に夕陽《ゆうひ》に照らされた天守閣が望見できる。

それぞれ防具と荷物を部屋の隅に置いた。下女が茶を運んできて、すぐに夕食にするか、その前に風呂を浴びるかと聞いた。和三郎は風呂と答えると、軍兵衛は飯だといった。口を半開きにした下女はうつろな目で首を傾《かし》げた。

「別々で構わんじゃろ。儂はまず飯じゃ。二日も食ってないけん腹ん中は水風呂じゃ」

水風呂とはおかしな言い方をすると思いながら、この歳で武者修行をするこの侍の目的は何なのだろう、と訝《いぶか》しく思う気も和三郎には生じている。なんせ、見知らぬ者と旅先で同室になるのは初めての体験なのである。

下女がぼうっとした顔で部屋から出ていくと、入れ替わりに主人自ら宿帳を持ってきて姓名を記入してくれといってきた。

茶を一口飲んで軍兵衛は胡座《あぐら》をかき、先程主人にいったように多賀軍兵衛、浅野《あさの》家家臣と書いた。次に和三郎は岡和三郎、越前野山、土屋家、修行人と記した。

「すでに夕刻になっておりますが、これからさっそく藩校道場の敬教堂《けいきょうどう》に参って、おふたりが道場での稽古をお望みだとお伝えして参ります。よろしゅうございますか」

そう主人がいってふたりの顔を見比べた。花山峠で蘭学者《らんがくしゃ》を襲った者たちや二日前の早朝、奉行屋敷の前で襲ってきた黒装束の者たちの鼻息を嗅いだ気がして、和三郎は一瞬躊躇した。そこに追っ手の血腥《ちなまぐさ》さを嗅いでいた。ここで道草を食うわけにはいかないと思った。

だが、剣術修行人としては、江戸の道場ばかりではなく、諸国にいる剣術遣いと渡り合いたい思いが強い。世の中は鉄砲に目が向けられているが、動きの速い相手には鉄砲などそうそう命中するものではなし、接近戦や一対一の闘いになると、ずっと剣の方が有利であることも剣術遣いならみな知っていることだった。

「戸田領は文武両道、ただ今の武術御指南役は正木《まさき》殿と古藤田《ことうだ》殿とお伺いしておるが、ご健勝かの」

軍兵衛が襟を開いて胸に浮いた汗を手拭いで拭っている。飯より体を洗う方が先ではないかと和三郎は思って、修行人暮らしが長そうなむさくるしい同室者を眺めていた。

「はい。ただおふたりとも道場にお姿をお見せになるのは月に五日ほどだとお伺いしております。道場では学頭の高岡夢堂《たかおかむどう》様、それに石川辰助《いしかわたつすけ》様が日替わりで稽古をつけておられるようでございます。柔術は白井直達《しらいなおたつ》様が熱心にお稽古をつけておいでです」

「主、詳しいの」

「それはもう修行人宿の仕事は、藩道場に諸国から修行に来られるみな様をとりなすのが仕事でございますから」

主人は蔵から出てきた狸《たぬき》の置き物のような古ぼけた顔を前後に揺すった。それで、といって軍兵衛は身を乗り出した。

「大垣藩指定の修行人宿ならば、宿代は戸田家がもってくれるということかの」

卑しい目つきになったが、軍兵衛の質問は意外だったので、和三郎も覚えず前のめりになった。

「はい。他の領では半分だけ負担というところもあると聞き及んでおりますが、戸田様は修行人のお方々を待ち望んでおられますので、私どもは宿賃は全て戸田様より頂いております」

「それはありがたい。ではさっそく飯の用意をしてもらおうか」

「はい、かしこまりました。では敬教堂に私は参りまして御稽古をお望みの修行人様がおふたりお見えになっていると伝えて参ります」

主人は慇懃に礼をして席を立った。和三郎は主人が出ていくと、軍兵衛に挨拶を残してさっそく風呂場に向かった。

二

どこからか川風が湯舟に吹き込んできて、額に浮いた汗を撫《な》でる。湯加減も丁度よく、江戸で流行《はや》っていると聞かされた端唄《はうた》が口をついて出た。

風呂から上がって新しい下帯を締めたときは、今まさに自分は剣術修行の旅人になっているのだ、と和三郎は気持が洗われる気がした。それで夜明け前の争闘も山道での斬り合いも全て忘れた。財布と巾着を身につけ、階段を上った。

部屋に戻ると袴をつけた武家がふたり、膝に拳を置いて床の間に向かって座っていた。

「土屋家からこられた修行人の方でござるな」

眼窩《がんか》の窪《くぼ》んだ武士が、濡《ぬ》れた手拭いを下げたまま敷居に佇《たたず》んでいる和三郎を見上げていった。

「さようです。岡和三郎と申します」

あわてて障子の敷居に膝を落とし、両手を畳に置いて頭を下げた。

「それがしは藤沢《ふじさわ》昌助《しようすけ》と申す」

「胡桃沢《くるみざわ》金治郎《きんじろう》と申す」

もうひとりの武士は妙に白い顔を向けてきた。ふたりは戸田家の家臣でそれぞれ敬教堂で剣術をしているといった。

「生憎《あいにく》でございましたが、ただ今道場には師範がおりません。土屋家といえば越前でござりましたな」

と藤沢がいった。そうです、と和三郎は答えた。多少落ちつかなかったのは、敷居に乗った膝が痛いのと、部屋にいるはずの多賀の姿が見えないからである。膳に夕飯の支度はあるがそれに手をつけた気配もない。

「長崎のことは越前の方でお聞き及びと存じるが、阿蘭陀《オランダ》の船から今夏にも亜米《メ》利《リ》加《ケン》の艦隊が日本近海に現れると知らせてきたそうで、それで当戸田家の家臣の中でも主立った者は五日前に江戸藩邸に向かったのでござる」

「はあ、亜米利加の艦隊ですか」

露西亜《ロシア》船が何度も秋田から越前の海に出没しているという知らせは山間《やまあい》の土屋領にも届いている。藩主に命じられた側用人《そばようにん》が露西亜船に乗り込んだという話も道場の者から聞いたことがある。

だが、亜米利加の艦隊といわれても和三郎には皆目見当がつかない。

(艦隊とは何だ)

淡路《あわじ》の海運業者、高田屋嘉兵衛《たかだやかへえ》が露西亜の軍艦に捕らえられたことがあったが、それはもう四十年も前のことだ。幕府のことは知らないが、昨今では越前から越後にかけての廻船《かいせん》業者はそれなりに露西亜と商取引をしてかなり儲《もう》けている。

「一昨年、土佐《とさ》の万次郎《まんじろう》と申す者が亜米利加船で琉球《りゅうきゅう》に送られたということですな。万次郎は漁師で漂流しているところを亜米利加の船に助けられて、何年か捕らわれていたと聞いておる」

藤沢がいうには、そのため正木流鎖術をよく遣える者が城下には残っておらず、剣術のみの稽古になるが、それでもよいかと確認を求めているのである。

「さようですか。正木流の万力鎖《まんりぐさり》術は私の師、武田甚介先生からも聞いておりました」

「ほう、万力鎖をご存じであったか。みかけたところお若いのに相当武芸をたしなんでおられるようですな」

いやいや、と和三郎はいって首の後ろを掻いた。足の甲がジンジンといっている。

(それにしても、このふたりを置いてあの人はどこに行ったのか)

「流派は何でござるか」

「一刀流です。武田先生は若い頃に藩命にて江戸に出て中西《なかにし》派一刀流を修行したそうです」

「さようか。戸田家では剣術だけでなく兵学、槍《そう》術、砲術と盛んでな。柔術、泳法も含めて一通りやることになっておるのだ。この胡桃沢もおぬし同様若いが、槍術の名人でな、顔は柔《やわ》であるが、腕っ節は相当強い」

「岡殿は槍をやりますか」

と、胡桃沢が艶のある頬を向けてきた。

「いや、やるというほどではありません」

「ご謙遜を」

「申したように越前野山は山に囲まれた盆地です。他領で盛んな武芸と相見《あいまみ》える機会はほとんどありません。みな井の中の蛙《かわず》です」

拭ったはずの汗が脇の下を流れ出てくる。砲術はおろか槍さえ満足に教授する人は土屋領にはいなかった。

「明日は我々目録以下の者だけですが、明後日には師範代のひとり古内格之助《ふるうちかくのすけ》様が見える予定です。御用で名古屋に行っておられたのです。ですからこの宿にはそれまでご逗留《とうりゅう》願えますか」

胡桃沢が妙に澄んだ目を向けてきてそういったので、是非に、と調子よく返事をしたものの、和三郎は内心では困惑していた。やはり、早く東海道に出て、江戸に向かいたい気持がはやっているのである。

「ここに多賀という人がおられませんでしたか」

さっきから気になっていることを聞いた。

「おられましたよ。夕食の膳を運んできた下女が、多賀殿を訪ねて侍が来ていると伝えたら出て行かれた」

藤沢はそういって雲が広がりだした北東の方に顔を向けた。

いったん背中を後ろに回した和三郎は、ついでなので立ち上がり濡れた手拭いを廊下の欄干にかけた。それからひょいと下を向くと、多賀の姿が蔵の陰に見えた。

多賀の前には旅支度の武士がふたり、菅笠を被って多賀の行く手を塞いでいる。宿の内塀に張り付くようにしてもうひとり武士が佇んでいる。

その三人の様子から尋常ではない緊張が伝わってきた。

多賀がなにやら頭を振って前に佇むふたりの間を抜けて出ようとすると、ひとりが肩を押し出して行かせまいとした。すると背後にいたひとりが多賀の袖を摑《つか》んだ。前に回り込んで三人目の武士が柄袋《つかぶくろ》に手をかけたように見えた。

「多賀さん、どうかしましたか」

和三郎の声に三人の武士と多賀が同時に二階を振り仰いだ。

多賀……と誰かが呟《つぶや》いたように聞こえた。

「こちらで戸田家の方がお待ちですよ。明日、稽古をしてもらえるそうです」

和三郎の陽気な声が三人の武家の気に障ったらしい。ひとりが菅笠を上に向け、あからさまに剣呑《けんのん》な目玉を剝《む》き出して和三郎を睨《にら》みつけてきた。

(ああいう態度はよろしくないなあ)

和三郎はそう思ったが口元は綻んでしまっていたようで、目玉を剝き出した武士が、何だ、貴様は、と声を荒らげた。

すると多賀がその武士に向き直って何事か注文をつけた。あの者は旅の修行人だ、といったように聞こえた。

ふたりの武士が多賀に何事か交互にいった。随分棘《とげ》のある言葉だったらしく、大きな多賀の顔が歪《ゆが》んだ。多賀が三人を払いのけるようにして宿の入り口に向かうのを見届けて、和三郎は部屋に戻った。

「何かありましたか」

胡桃沢が邪気のない白い顔を向けてきた。

「はあ、いや、おふた方を置いて一体どうされたのか不可解でしたので」

宿屋の主人に後ほど訪ね人が来るようなことをいっていたが、あの三人のことだったのかと多少訝しく思いながら和三郎はそういった。

訝しんだのは、多賀が待っていたのはあのような肩を怒らせた輩《やから》ではなく、なぜかよい知らせを持ってくる者のような気がしたからである。

「多賀殿と岡殿はもう大分長く、一緒に修行の旅をされておるのか」

藤沢の質問は特別意味のあるものではなさそうだったが、和三郎の答えを聞いてふたりは同時に啞然《あぜん》とした顔付きになった。

和三郎は、最前、神社で会ってこの修行宿まで同道したと答えたのである。

「さようか、いや、それがしはてっきり……」

と藤沢が納得しかねる顔付きでいったとき、廊下を踏む重い足音がして多賀が戻ってきた。

「失礼した。国の者がいきなり訪ねてきおって少々あわてましてな。なに、国許《くにもと》でちょっと騒ぎがありましてな。ま、今の世はどこも家の事情が複雑であろうが、浅野家にも色々ありましてな」

多賀は懐から手拭いを抜き出して首から肩にかけて噴き出している汗を拭った。その汗に土埃《つちぼこり》が付着している。それでも多賀はふたりの戸田家家臣を前に、飯の入った茶碗《ちゃわん》を片手に箸を取った。

「多賀氏はさぞかし修行をされたのであろうな。一献傾けながらこれまでの武勇を是非拝聴させて頂きたいものでござるな」

「しかし、藤沢様、夕餉《ゆうげ》の最中でありますれば」

と胡桃沢が酒好きそうな藤沢を遠慮がちにたしなめた。それでも藤沢は動く様子をみせない。そうか、この宿で修行人と一緒に酒を飲めば、彼らの酒代は宿代に含まれて戸田家持ちになるのだな、と和三郎は察しがついた。

多賀は飯を食うのに一生懸命で藤沢の様子には無頓着だった。二杯目に手を伸ばすと、ようやく藤沢もあきらめて、では明日の夕刻には是非一献、と未練がましくいって席を立った。多賀は、いや不調法ですまんことでしたな、などといって飯をほおばっている。

三

飯を食い終わるとすぐに多賀は風呂場に向かった。戻ってくる頃には空は淡い青から深緑に染まっていて、星も輝きだしている。

和三郎は膳の前に座って飯を食っていた。

多賀はさっぱりした様子で浴衣《ゆかた》をはだけて欄干に手を付いた。垢《あか》が落ちて少し頬肉が脹《ふく》らんで見える。髭《ひげ》はむさいままである。すぐに下女が二合徳利を持って下から上がってきた。どうやら戻る前に台所に顔を出して注文したものらしい。

その酒も戸田家持ちになるわけか、と和三郎はなんだか感心しながら膳の前に浴衣をはだけて座った多賀を眺めている。

膳にはぐい呑《の》みがふたつあった。大きなぐい呑みだなと和三郎が思っている内に、多賀はもう酒を注《つ》いで飲み始めている。もうひとつを下女が手にして和三郎に差しだしてきた。

「いや、酒は飲まんのです」

そういって掌《てのひら》を下女に向けた。多賀がおやという表情をした。下女は黙って部屋を出ていった。

「おぬし、酒はやらんのか」

「やりません」

「それは、何か、元々性に合わんのか、それとも剣術修行のためかの」

酒を飲む歳になる前に、酒好きの父親が脳をやられるのを目の当たりにしてしまったからだ、と和三郎は思っていたが、そのことを口にするつもりはなかった。

「飲む気にならないんです」

多賀はふん、と頷《うなず》いて二杯目を口にした。柄に合わず酒を愛《いと》おしげに飲む様子が、いい。道場の市村貫太は何かと酒場に行きたがる割にはすぐに酩酊《めいてい》する。大抵は酒代を払うのは和三郎の役目だから、貫太の酒は安上がりで、それはそれでよいのだが、声高にわけの分からない愚痴を喋《しゃべ》りだす同輩を見ていると、酒を飲んでは大事なときに役に立たん、とその度に和三郎は自分をいましめていた。

　自分のような無骨な三男坊が生きていくためには剣術で身を立てる以外にあるまいと、「中庸」を読んだときに思ったものである。そこには「仁とは人なり」と書かれてあったが、その意味を藩校の教授から教えられたとき、和三郎は自分で勝手に、剣とは自分の身を守るためにあるのではなく、徳のある人を助けるためのものだと解釈したのである。十三歳のときだった。

「岡殿、儂は明日の稽古には行けぬかもしれぬ」

　ぐびりと酒を喉に通した多賀は、恨めしげな目で暗い天井の隅に視線を上げて呟いた。

「はあ、そうですか」

「うむ。チト野暮用ができそうでな」

「芸州《げいしゆう》と聞いて先程来られた藤沢昌助という方は、それでは二刀流が見られるかもしれないと喜んでおられました。来られないと知るとさぞかし残念がると思います」

和三郎は一夜干しの魚と固い飯を頑張って咀嚼《そしやく》した。多賀はどこか浮かない顔で虚空に目を向けている。

「うん、芸州は武術が盛んでな。間宮《まみや》一刀流と多田円明《ただえんめい》二刀流が代々藩の師範代を務めておる。じゃが、跡継ぎが途絶えた流派も入れれば、剣術だけでおよそ三十程の流派がある。槍術、弓術、砲術、棒火矢《ぼうびや》術と加えれば五十を超す。土屋家ではどうじゃ」

「一刀流と無念流です。槍術は宝蔵院《ほうぞういん》流です。多賀さんは多田流の二刀を遣われるのですか」

いや、といって多賀は和三郎に大きな目を向けた。

「儂は渋川《しぶかわ》流でな、棒から剣、槍《やり》と何でもあるが、実は柔術の師範をしておった」

「師範ですか。それはすごい」

和三郎は急いで飯を食い終わった。茶を飲み、まだこちらに目を向けている多賀と面と向かって顔を合わせた。

「柔術の師範をすごいといってくれたのは、この旅でおぬしが初めてじゃ。面白いものを見せてやろう」

「はい」

「剣をとって儂の前に座れ」

いわれるまま和三郎は立ち上がって剣をとった。それから左に剣を下げてうやうやしく多賀の前に座った。

「おぬしは刺客じゃ。隙をみて儂に打ちかかってこい」

「かしこまりました」

遠慮無く、和三郎は抜き身を遣おうとした。

そのとたん大きなうねりと共に多賀の腕が伸びてきて、剣をとった和三郎の左手を押さえ様《ざま》、上体をひねった。

わっ、という間もなかった。投げ出された和三郎の体は次に転がされ、腕をからめとられ、また空中に飛ばされ、柱に頭を打ちつけられ、体勢を立て直す間もなく、再び上体を締められ、両足は痙攣《けいれん》して動かなくなった。

「どうじゃ、気持よいか」

「ゼーゼー」

「うん、よさそうじゃな」

「あの……今のは何ですか」

「柔術のさわりじゃ」

「さわり……飯が口から噴き出しそうです」

「飲み込め。さわりというのは、柔術というのは剣術と違って、ここで一本というのがないのじゃ。今の技が永遠に続くのじゃ」

　和三郎はよろよろと四つん這《ば》いになって、膳に載っている茶碗を手にして茶を飲んだ。

「永遠ですか」

「居合いの手を止めて相手の剣を奪い取る。それでひと呼吸。奪い取った剣で敵の喉を刺す。これでふた呼吸。これが基本じゃが、儂は門弟には敵を刺し殺す技はないと思えと教えておる」

「それは何故ですか」

「柔術とは殺すための技ではなく、身を護るための技じゃからだ。ふた呼吸で敵を討ち取れるが、その技は封印して、とりあえず、十二の技を一周としておる。それが何十周と続く。まずは前にいる相手に剣を抜かせないことじゃ。それが肝要」

和三郎は空漠とした頭の中で少しだけ考えをまとめようとした。

「すると、刺客が剣を抜く先《セン》を取るということですか」

「そういうことじゃ」

多賀は全然息を乱していない。和三郎は修行の未熟さを感じて項垂《うなだ》れた。身体《からだ》が幾度となく反転している内に、相手から短刀で刺されたら防ぎ手はなかったと反省していた。

「参りました」

「参ったのではなく、頭の中がとっ散らかっていたのであろう。実のところ、おぬしは刺客なんぞではなく、ただ儂にいわれるまま前に座っただけなのじゃからな」

「はあ」

実際にその通りだった。まさかいきなり投げられるとは思ってもいなかったのである。

「後《ゴ》の先《セン》とか先《セン》の先《セン》とか剣術では申しておるが、そんな心の内の読み合いが重要なのではない。要するに武術とはすべからく奇襲じゃ」

「奇襲、ですか」

同調するものがあってそのときだけ和三郎は深く頷いた。

「さよう、奇襲じゃ。相手が驚く前にやってしまうことじゃ。さすれば何も分からん内に相手は気絶しておる。そうじゃ、ひとつだけ教えておこう」

そういうと多賀はぶっとい腕を伸ばしてきて和三郎の右手首を摑んだ。

そして力任せに引いた。和三郎の上体はたわいなく前にのめった。鼻先に多賀の褌《ふんどし》が出てきた。

「ぐふぁ」

頭をひねって外そうとしたが、首根っこを押さえられてますます褌に顔面が埋《うず》もれていく。

「わあ」

外されてようやく顔を上げることができた和三郎は、思い切り息を吸いこんだ。

ドタドタと廊下を走る足音が響いてくる。顔を出したのは宿の主と番頭らしい男と先程夕餉の膳を運んできた下女である。

三人とも口を開いて喘《あえ》いだようになっている。

「どうかされましたか」

主が恐る恐る聞いた。多賀はなんてことのない表情で恐れ入っている主を見返した。

「どうもせん」

「激しい物音がいたしましたが」

「それはこの岡殿に、柔術の技を披露しておったからじゃ」

まだ息の荒い和三郎には構わずに、多賀は存外暢気《のんき》そうに答えた。はあはあと主はいって番頭を振り向いた。さようでございましたか、と呟き後ろのふたりを促して戻りかけた。するとと多賀はそのまま暗い廊下に体を向けた三人の背中に声を放った。女、といって下女を呼び止めたのである。

「おまえはいくつだ」

暗い中で下女の顎が歪んだ。

「十六だで」

「男に手籠《てご》めにあったことはあるか」

不意に多賀はそう聞いた。

下ぶくれの下女の頬が脹らんだ。それから口元が緩んで開いた。ぼうっとしている。

「いまからこの者がおまえを手籠めにする」

「えっ」

下女と和三郎は異口同音にそう反応した。主と番頭はのけぞった。

「その前に、おまえに男から逃れる方法を教えてやる。こっちに来い」

そういうと、多賀は大きな背中を向けて下女を廊下の暗がりに連れ出した。何やら小声で話す声や下女の、はあ、という溜息《ためいき》のようなものが聞こえる。和三郎はまだ多賀から仔猫《こねこ》のように投げられた衝撃が消えずにいる。

とんでもない人と同部屋になってしまった。そう思っていた。

部屋に戻ってくると、さて、はじめるか、と多賀が和三郎に向かっていった。

和三郎は返事をせずに、佇んでいる多賀と下女を見比べた。

「岡殿、先程儂がしたようにこの女の手を取って引き寄せてみるのじゃ。ぼけっとしていないで早くするのじゃ」

和三郎は立ち上がった。天井が迫ってきた。

「手籠めじゃぞ、さあ思い切りやるのじゃ」

和三郎は下女を見た。行灯《あんどん》に青ざめた色黒の顔が浮かんでいる。

ええいままよ、と下女の手を摑んだ。するとその細い手が抵抗をせずにこちらにやってきた。まるで鎌首をもたげた蛇がするすると寄り添ってきたような感じだった。

気がつくと和三郎は畳に尻餅をついていた。下女はまだ青ざめて佇んでいる。その内、ニヤリとした不敵な笑みが、下女の口元に浮かんだ。

なんなんだ、と和三郎は声に出して呟いた。

四

まだ夜の明ける前に隣で眠っていた男が起きあがる気配がした。

昨夜、汗を吸いこんだ浴衣を脱ぐと、多賀は意外なことに改まったかのように、太刀《たち》を引き寄せて眠る多賀を見て、和三郎も浴衣を脱ぎ、縞《しま》の着物に野袴をつけて畳に寝転んだ。

深くは眠らなかったせいか、夏風が軒下の簾《すだれ》を揺らして吹き込んで来る気配を、ずっと心地よいと感じていた。

多賀が部屋を出ていくと、下から嗄《しわが》れた下男の声がして戸が開かれた。荷は部屋に置いたままなので、また戻ってくるのだろうと思って和三郎はまどろんだ。

多賀が外に出ていたのは半時（約一時間）ほどのことらしい。外は夜明けを知らせる薄青色の明かりが滲《にじ》みだした。

多賀は戻ってくるとすぐに横になり、今度は鼾《いびき》を立てて眠りだした。

次に和三郎が目を覚ますと、もう多賀は起きあがって真新しい草鞋を廊下に足を投げ出してつけていた。

「もう発たれるのですか」

上半身を起こして和三郎はいった。

その問いを広い背中を見せて聞いた多賀は、うん、とだけ呟いた。その向こうに広がる空にはすでに六月の光が張り出し始めている。もう六ツ（午前四時頃）になるだろう。

「おぬしも昨日見たであろう。剣呑なツラをした三人組が儂を取り囲んでおったじゃろ」

「はあ」

「あやつらは討手《うちて》じゃ」

「え、討手ですか」

和三郎がとっさに思い浮かべたのは顎に痣のある男の黒い影である。武田道場の師範代原口耕治郎を闇討ちした討手で、原口の妹、沙那が暗がりでひと目だけ目にしたという相手である。

しかし、多賀のいう討手は堂々と姿をさらしていた。すると多賀は芸州藩から出奔してきた犯罪者か脱藩者で、討手は藩命で多賀を追ってきたことになる。

（しかし、あの討手の三人は殺気だってはおったが、ただちに多賀殿を討つ様子はみせなかった。どういうことやろ）

和三郎は多賀の周囲に、蜘蛛《くも》の巣のような透明な緊張が走るのを見ていた。

「ま、討手がかかるのはこちらの目論見《もくろみ》通りでもあったのじゃが、少々策略が過ぎたようじゃ。敵に見透かされたのかもしれん」

最後の方の言葉はほとんど自分の胸に向かって呟いているようだった。多賀の口元に自嘲めいた笑いが浮かんだ。

和三郎は相槌《あいづち》を打つことができずに、ただ多賀の背中をぼんやり眺めていた。

昨日、宿の主に伝えていた待ち人というのは昨日みた三人の武家とは違うらしい、ということだけは察しがついた。

「うらはどうしたらいいのですか」

「なに、おぬしはなんも気にかけるこたぁない。朝飯食ったら、大垣藩の道場の者が迎えに来るのを待っておればええんじゃ」

「多賀さんは今夜はこちらへ戻られないのですか」

「いや、戻らなくてはいかんじゃろな。儂を訪ねてくる者がおるかもしれんからな。あ、いうのをわすれておったが、儂の本当の名前は多賀じゃのうて、倉前《くらまえ》というのじゃ。倉前秀之進《ひでのしん》」

全然違うでねえか、と和三郎は思った。姿形と秀之進という名前が和三郎の胸の中では一致しないのである。

（一体何のために偽名を名乗らなければならないんやろ）

腕を組んでそう疑問を浮かべた。多賀は和三郎の方を振り向くと、ふと思いついたようにいった。

「討手はどうやら本気で儂を殺す気でいるらしい。ここまで追いつめてくるとは、思ってはおらんかったでな。儂など殺しても何もならんのに、頭に血ぃが上ってよう分からんようになっとんのじゃ」

ニッと笑って起きあがった。光を飲み込んだ空を背景にした男は入道のように見える。この図体《ずうたい》のでかい男が修行人とは見せかけで、密謀を企てている組織の一味であると和三郎にも分かってきた。そうでなければ、偽名を使うはずがない。

「うらには何がなんだか分からんのですが。これは一体どういうことなのですか」

「分からなくてよいのじゃ。儂もおぬしのような若い修行人と一緒におれば、討手の目も欺けると思っておったのじゃが、どうやら甘すぎたようじゃ。多賀の偽名も通用せんかった」

本名、倉前秀之進と名乗った柔術家は、防具を背中に担ぐと刀を差して階段を降りていった。昨日神社の前で声をかけてきたときはどこかうろんなところがあったのだが、いままでそこにいた武家は、姓名と共に急に大身の家臣らしく、威圧する貫禄《かんろく》を備えて去っていった。

どうしたものか、と腕を組んで考えた和三郎は、腕を組んでいる場合ではないと思い直してあわてて男の後を追った。

倉前秀之進は宿の主に挨拶をしている。どうやら訪ねてくる者のことを何か伝えていたようだ。和三郎が降りてきたことに気付くと、

「武名録はどうしたんじゃ」

と唐突にいった。

「武名録？」

「これまでに立ち合った相手の姓名を記した帳面じゃ。おぬしの荷には入ってい

ないようじゃったな」

「う」

と呻《うめ》いたまま和三郎は二の句が継げなくなっていた。武名録のことなどまるで気にもとめていなかったが、それよりいつの間に荷を改めたのかと訝しんだからである。

風呂に行った後の、戸田家家臣が宿に来るまでの間に違いなかった。

「戸田家の敬教堂はそういうことには厳しいぞ」

「は、武名録は持っておりません。福井でもどこでもこれまで他領の道場で立ち合ったことはありません」

「それはまずいな。怪しまれるぞ。主、なんでもよいから帳面を一帖持ってきてくれ。それから筆と硯《すずり》じゃ」

防具を床に置いて髭面の倉前秀之進は敷居に腰を下ろした。

「ではおぬしの道場主からの紹介状はどこじゃ」

「紹介状ですか。そんなものはありません。何せ急に江戸修行を命じられたものですから」

佇んだままそういうと、倉前秀之進は下方から刺すような視線で見つめてきた。

実際、和三郎は氷柱《つらら》のような鋭いもので体が刺し貫かれたような冷たさを覚えた。

「何か事情があるようだの。土屋家に家督相続の争いでも起こったのか」

ぎょっとした。家中の権力争いめいた大事なことを、他領の者にこのような場所で軽々しく口にされること自体、尋常ではなかった。小納戸役の部屋住みでもそれくらいは分かる。

「しかしどんな事情であれ、これから修行人として江戸まで行くには道場主の紹介状が必要じゃぞ。一刀流と申しておったな」

「はい。武田甚介師範です」

主が新しい帳面を持ってきた。筆と硯は眠そうな顔で下女が携えてきた。

倉前は帳面を開くと最初の扉に筆を走らせた。途中で、武田師範の姓名を確認するとまた筆をとった。

できあがったものを見て和三郎は目を丸くした。

「　一刀流剣術
　　越前野山　能登守《のとのかみ》家臣
　　　　岡和三郎

右者私門人ニ而《はて》芸術修練、甚未熟ニ候得ドモ、此度為修行致経歴候。イズレ之御方ニ而モ、無御隔意御指揮被下レタク、偏《ひとえ》ニ宜奉頼候。已上《いじょう》。
嘉永六
武田甚介俊光
丑五月
（花押）」
「こ、これは」
「儂が武田殿に代わっておぬしが修行人だと保証しておいた」
「しかし、武田師範の花押をどうしてご存じなのですか」
武田甚介俊光の署名の横に花押まで書かれている。立派な書体であるが、師範が花押を記すのは一刀流の免状を弟子に与えるときか、土屋家の重役に書状を出すときだけである。和三郎も今年三月、「免許」の免状を授けられることになっていたが、そのために必要な礼金三両の都合がつかず、棚上げされたままでいる。殺害された兄弟子の原口耕治郎は、和三郎より一段高位の「免許皆伝」を受けていた。いずれにしろ、花押は軽々しく冷や飯食いが目にできるものではない。
「そ、それに俊光という号は武田師範のものではありません」

真面目《まじめ》に訴える和三郎に対して倉前秀之進は、カカカと軽く笑って立ち上がった。

「どうせ誰も気にせんわ。弟子を武者修行に出しておきながら武名録さえ忘れておる師匠の号などどうでもよいのさ」

それより、といって倉前は顔を寄せてきた。目の前に分厚い味噌《みそ》饅頭《まんじゅう》が出てきたようだった。

「この様子だと野山藩では、おぬしが江戸に武者修行に発ったことを、江戸藩邸に知らせておらぬようだの」

「は……はい」

前藩主の七代目土屋忠国様が、息子の国松を九代目野山藩藩主に据えようと画策しだしたことから、陰湿な権謀が始まったのである。

和三郎が江戸に武者修行という名目で送り込まれ、その実、忠国様側には知られることのないように、陰ながら嫡子直俊様を護衛する役目を与えられたことも江戸藩邸には内密であるはずなのだ。

大っぴらにできるものがあるとすれば、仇討《あだう》ちの介添役として江戸に滞在することだけなのである。それも出奔という形になっている。

江戸藩邸に堂々と武者修行に来たといえないのは、正式に修行せよとの君命を拝したからでなく、お年寄りの思惑だけで動かされることになったからである。

(江戸藩邸の中には忠国様に内通する者もいるという。暗殺された岩本喜十さんや原口耕治郎さんの代わりにうらが江戸に赴いたとなると、今度は直接嫡子の直俊様に危険が迫ることも考えられる)

この四日間、旅の間に和三郎が考えていたのは、そういった藩内の事情だった。しかし、いま耳元に分厚い口を寄せて不気味なことを囁《ささや》いてきた他藩の者に事情を明かすわけにはいかない。

それで、江戸藩邸ではおぬしが武者修行に出ていることを知らされていないだろうといわれても、何も返事ができず、う、う、と和三郎は口ごもった。

「本来であれば、江戸の留守居役は各藩に、事前におぬしのことを通達しておくものだ。土屋家のこういう修行人が参るからよしなにと伝えておくのじゃ。すると知らせを受けた各地の藩では、藩道場でおぬしが稽古ができる準備を整えておく。それが筋だ」

「は」

「儂に説明するには及ばん。じゃがな、おぬしがどんな密命を受けておるか分からんが、おぬしの命が軽んぜられておることは肝に銘じておくがよいぞ」

「分かりました。肝に銘じます」

「おぬしはいいやつじゃからな。一晩一緒にいて分かった。おぬしを殺したくはない」

顔を離すと大きな目玉に紅《あか》い血管が走っている。暗い中でその目の白いところがほとんど紅く染まっている。和三郎はなんだか胸が熱くなった。

「この際だ、江戸に行くまでにできるだけ多くの道場に立ち寄るとよい。その方が安全じゃ。急いではならん」

そういうと倉前は武名録を手渡してきた。受け取り、和三郎は頭を下げた。

「お気をつけて」

「うむ。主、それでは頼んだぞ」

下女が差しだした竹皮に包んだ握り飯を防具袋に入れると、倉前はそう宿の主人にいって番頭が開けた戸口から出ていった。

朝の光が射しこんできた。宿ではこれから朝の仕事が始まるらしい。小僧が竹《たけ》箒《ぼうき》を持って宿の前の通りを掃きだすと、勝手口から湯を沸かす物音が聞こえてきた。もう起き出して出立の支度をする旅人もいるようで二階からも足音が響いてくる。

和三郎は部屋にいったん戻ると、木刀を取って外に出た。川筋を下ると野原が出てきた。そこで五百回の素振りをするつもりである。

五

朝餉をとって一服していると大垣藩の藩校、敬教堂の胡桃沢金治郎が迎えにきた。和三郎は防具袋を担いで、堀沿いの道を北に歩き、胡桃沢に案内されるまま城内に建つ道場に入った。

道場は二十坪もある立派なもので床は板張りだった。野山藩黎明館の倍の広さである。黎明館は青天井ではなく屋根付きであったが、道場は土間に稲藁《いなわら》を敷いただけのものだった。

礼をして道場に入ると、昨日宿にきた藤沢昌助が迎えてくれた。多賀軍兵衛殿はどうされたのだ、と聞かれたので、火急の御用で朝早く宿を発たれたようです、というと、そうか、とだけいって藤沢はそれ以上追求はしてこなかった。

別室で稽古着に着替えていると、入ってきた藤沢が武名録はお持ちかと聞いてきた。さすが多賀殿、いや倉前殿だ、と和三郎は感じ入った。

藤沢は和三郎が差しだした武名録を受け取ると、その中が白紙であることを知って、「修行は、ここが初めてなのか」とちょっと驚いた顔で聞いた。

「福井の道場では、現在は他領からの武芸者との立ち合いは受けていないと断られました」

「越前福井とご貴殿の土屋家とは隣同士ではなかったのか」

不審な表情をしたが、武田一刀流とはどんなものか楽しみですな、といって和三郎の稽古着の袖を引き、神棚の前でふたりそろって礼をした。それから道場にいる者に紹介してくれた。およそ五十人程が板壁の前にぎっしり座っている。

「越前野山藩で一刀流師範代をされている岡和三郎殿だ」

そう藤沢昌助が説明したが、門弟の反応は乏しかった。

大垣藩戸田家の敬教堂では古藤田一刀流と正木一刀流が藩剣術となっている。藩の師範代もそのふたつの流派から出ているが、ここでは他に、神道無念流、北《ほく》辰《しん》一刀流、中西派一刀流と江戸でも有名な道場の一刀流が盛んに行われている、と和三郎は聞いている。

四方を山に囲まれた、四万三千石の土屋家から来た一刀流の門弟などに興味を示さないのも仕方ない、と和三郎は思った。かつて老中も輩出した十万石の戸田家とは家格が違う。

さっそく稽古が行われた。十名ずつ、計二十名が相対峙《あいたいじ》し、それぞれ「始め」の掛け声で打ち合うのである。

「小手」「メン」と声があがる。竹刀が防具を叩《たた》く音があちこちで響く。和三郎はあわてず相手が打ちかかってくるのをさばき、軽く返すことを繰り返した。

（これは掛かり稽古と同じではないか）

次から次へと相手を替えて打ち合いを繰り返す稽古に、和三郎は失望を禁じ得なかった。

途中、休息を入れて、およそ一時（約二時間）ほど、打ち込み稽古のような地稽古を、相手を替えながら五十人と対戦した。日が昇ると道場内は蒸し風呂のようにに暑くなった。汗が絶え間なく、だらだらと額をぬめるように流れた。

昼餉には握り飯が三個出た。冷えた茶がうまかった。いろんな者が話しかけてきて、若い和三郎がそこまで鋭い剣を遣うようになったのには、特別の鍛錬をしたからなのかと聞いてきた。

それほど稽古はしていないと謙遜するのもヘンだと思った和三郎は、

「私は三男坊ですので、養子の口を見つけるためには剣術に精を出すしか方法がないので、一生懸命やりました」

といったら、みなは握り飯をほおばりながら、ナルホド、と感心した。同病相《あい》憐《あわ》れむの表情がそこかしこに浮いていた。ここでは知行取り二百石以下の跡取りか、次男三男の部屋住みが通ってきていると、そのときは多賀軍兵衛と名乗った男から聞いている。家督を相続している者にしても、扶持米《ふちまい》が四十俵程度の者が通っているようだった。

午後には人が増えた。さらに一時をかけて四十名以上と和三郎は対戦した。一対一の立ち合いではなく、全て掛かり稽古である。

主将の「始め」の合図で一斉に掛け声がかかり、すかさず竹刀が防具を叩く音と共にメン、小手のときの声があがる。

ただ、審判がいるわけではないので、一本あり、といった判定は下されることはない。みなそれぞれ胸の中で、今のは一本入ったぞ、出小手を決められたな、と思うだけである。武田道場では、地稽古の最後に試合形式で立ち合いをするので、それぞれの腕が他の同輩にも分かる。真面目に稽古をしている者は、季節が変われば格段の上達を見せる。そうでない者は、段々に道場に来る足が途絶えがちになる。

藩主や藩の重役を前にしての他道場との御前試合には、七名の代表が選ばれる。それも免許、免許皆伝の者ばかりが選ばれる訳ではなく、本目録の者でも、道場の門弟が納得する程の試合巧者であれば、師匠から指名を受けるのである。和三郎は十五歳のときから三百名が在籍する道場の代表として、御前試合に出場しているが、最初に選ばれたときはまだ中目録だった。

その日、和三郎はおよそ八十名の者と掛かり稽古をしたが、この人はうまいと思わされたのは藤沢昌助の他四名ほどで、あとはたいしたことはなかった。気迫が不足しているだけでなく、技量が劣っているのである。初めての武者修行で気負い込んでいた和三郎にしてみれば、終わって拍子抜けした感じが残った。

稽古を終えると、夕方おぬしの宿に行くから一献交えながら剣術談義をしたい、と藤沢昌助が申し出てきた。

「はい、それは願ってもないことです。是非、藤沢さんのお話をお伺いしたい」

藤沢は師範代も兼ねる古藤田一刀流の免許だけあって、その突きは鋭く、何度か喉を突かれた。

和三郎は藤沢に感謝をして辞した。汗を洗い流したかったが、井戸には門弟が列をなして順番待ちをしていたので遠慮をしたのである。

梅雨《つゆ》明けのうだるような暑さだった。宿から借りた下駄《げた》を履いていたが、足の裏から滲《し》み出た汗で鼻緒がゆるんだ。川沿いに植わった柳の枝がおいでおいでとそよぐので、つい川の中に引き込まれそうになった。

「水だ」

思わず呟いた。喉が渇ききっていた。その喘ぎ声を聞きつけたのか、傍らを行き過ぎた日傘をさした浴衣着の女が、「ぷ」と声をあげた。柳腰の後ろ姿のいい女だった。

ああいうのは土屋領にはおらんな、と思って見ていると、不意に日傘が翻り、若い女が振り向いた。薄い唇から白い歯が覗いた。

和三郎は尻を紅くして宿に戻った。

眉目秀麗な兄と違って、和三郎には女に振り返られて視線を送られるという経験がなかったのである。

暖簾を押して土間に入ると、番頭が飛んできた。暗い中で目玉の白い部分が脹れあがっている。

「水を」

と、和三郎はいった。すると、番頭は、下女に水をいいつける前に、

「大変でございます。お部屋が何者かに荒らされました」

と、いった。奥から出てきた主が、深々と頭を下げた。

「多賀様を訪ねてお武家様が来られました。昨日いらした三人の内のお二人でございます。お出掛けになっていると申し上げたのですが、多賀様をお待ちになられるとのことでしたので、二階にお上げ致しました。お部屋が荒らされているのに気付きましたのはつい今しがたで、お二人がお帰りになった後でございます」

主もあわてているはずだが、口調は落ちついたものだった。

「水をお願いしたい」

「お役人にお知らせした方がよろしゅうございますか。主とどうしたものか話していたばかりでございます」

「まず、水を頂きたい」

血相をかえて聞いてきた番頭に和三郎は重ねてそういった。すると和三郎の背後にいつの間にか潜んでいた下女が、柄杓《ひしやく》に汲んだ水を和三郎の斜め後方から突きだしてきた。

「水じゃ」

「ありがたい」

一口では足らず、三口飲んだ。尻の赤味が水で薄まった気がした。

ついで体を井戸水で拭いたかったが、番頭があまりせかすので、足に付いた土埃だけ洗って部屋に上がった。

「ほう」

眺めた和三郎の口から感心した溜息が出た。見事に荒らされている。といっても倉前秀之進の荷で残されていた物といえば古びた防具、草鞋と褌くらいで、財布を始め、金目の物など何もない。それは和三郎にしても同じだった。防具袋に入れておいた手拭い、耳かき、髪道具、腹痛の薬の小物は散らかされていたが、そのまま残っている。

「何か盗《と》られたものはございませんか」

主が聞いた。あるわけないでしょう、という顔をしている。

「火打ち石を盗られたようです」

「それは大事なものでしたな。うちでなんとか致します。財布は大丈夫でございますか」

「ご主人に預けたはずですが」

「はい。それはお預かり致しております。ですが多賀様の巾着などはこちらではお預かり致しておりませんので」

「あの方の分は拙者には分かりません。どうされているのかご存じありませんか」

「はい。今朝お出掛けになって以来、お戻りではございません」

「どなたか訪ねてくるはずだとおっしゃられていたようですが、それはここを荒らした者とは違うのですか」

そう和三郎が聞くと、主は一瞬言い淀《よど》んだ。人定めをするように片目を大きく斜めに開いて和三郎を仰ぐと、喉から音をたてた。

「お待ちになっていたのは、お武家様ではございません。私どもには女の方だと申されておりました」

そうですか、といって和三郎は荒らされた荷物を一応調べた。義姉が与えてくれた肌着を片づけると野袴をはずして着物を脱いだ。

「井戸を借りたい」

義姉が用意してくれた下帯を手にして番頭にいった。こっちだ、と答えたのは廊下にぶっ立っていた膨れツラをした下女だった。

六

藤沢昌助と胡桃沢金治郎だけでなく、他に今日稽古をした者が四名ついてきたので、狭い部屋の中は人いきれで蒸した。

面をつけての竹刀稽古では、格別印象に残らなかった者たちだったのだが、今こうして宿で素面《すめん》と対面しても、彼らがどんな剣を遣ったのか格別に思い出すことはなかった。

「私は先月、ようやく切紙《きりかみ》から目録になったばかりなんです」

和三郎と同年代の友竹《ともたけ》と名乗った者がそういった。彼は神道無念流の教えを受けているという。一刀流と違って、神道無念流は目録の次には準免許、免許、允《いん》許《きょ》と位階が進んでいくという。

暗くなっても藤沢らは、宿が出した干物や塩昆布を肴《さかな》に、持参した酒を飲み続けた。剣術談義は愉快だったが、男たちが醸し出す汗と熱気に当てられて、酒を飲まずにいた和三郎はしまいに呼吸が苦しくなった。

「では、明日また胡桃沢が迎えにくる。正木一刀流の師範代、古内格之助殿は竹刀ではなく木刀で稽古をさせるので、こいつら門弟どもはみな逃げ回っておるのじゃ。岡殿は木刀での稽古はおやりかな」

「いや、稽古というより、型をやる程度です」

兄弟子の原口耕治郎から、和三郎は木刀での稽古を随分つけられた。昨年までは頭を打たれて何度か気を失ったこともある。あの腕の立つ兄弟子が飯塚の放った刺客に闇討ちされたとは、どうしても信じがたい。

「岡さん、明日の午後は是非、私と槍稽古を致しましょう」

胡桃沢が瞳を輝かせていった。是非に、と和三郎は合した。宝蔵院流槍術を、もうひとりの師範代の岩本喜十からしごかれたものだった。

六人がたらふく酒を飲んで宿を出ていったのは五ツ半(午後九時頃)を過ぎていた。部屋に入ってくる風には昼間のような熱はなかったが、すずしいという程でもなかった。

行灯の火を消して、和三郎はそのまま畳に横になった。刀を手元に置いたのは、理不尽に自分の荷物まで荒らした侍のことが頭から離れなかったからである。

(一体いつから世の中はこんなに物騒になったんやろ)

暗い中で目を開きながら和三郎はそう考えて溜息をついた。この数日間で、これまで生きてきた十九年間の全てを引き替えにしても、追いつかないくらいのすさまじい経験をしている。平和だったのは、福井から関ヶ原を越えて大垣城下に入る二日間だけだった。それも急いで歩いたので息が安まる閑《ひま》もなかった。

（多賀さん、いや倉前秀之進殿は何故《なぜ》うらに、江戸までなるべく多くの道場を訪ねろといったのやろう。その方が安全だといったのはどういう訳やろう）

考えたが、まるで答えが出そうにない。それであきらめて眠ることにした。

潜んでくる者の気配を感じたのは、部屋がないはずの、廊下の突き当たりからきしんだ音が聞こえたからである。

雨戸も障子も開け放したままにしてあるが、藤沢らが帰ってすぐに、廊下から障子の桟にかけて尖《とが》った小石を撒《ま》いてある。下女に集めてもらったもので、下女はそれを和三郎に渡す間、ずっとヘンな顔で睨み上げてきた。和三郎も下女をフクロウに似た女だと思って見ていた。

「イッ……テ」

呻き声が聞こえたときには、和三郎はすでに左手で鍔元《つばもと》を押し上げていた。

「待て、斬るな、儂じゃ」

賊の方でも和三郎が剣を抜いたことを刹那に感じ取ったらしい。狼狽《ろうばい》した声が夜風に混じって震えた。

「多賀さんですか」

「多賀は偽名じゃ。倉前じゃ」

「そうでしたね。そこで何をしているんですか」

「痛いのよ。何かを踏んづけたようじゃ」

「それは小石です。うらが撒きました」

「そうなのか、おぬしが撒いたのか」

廊下から桟を越えて、黒い影がぬっと近づいてきた。

「何で小石など撒いたのじゃ。痛いでないの」

六月に入ったばかりの今夜は月はまだ白い。男の影が薄ぼんやりと浮いて見えるのは、星がまたたいているからだろう。

「昼間賊が入ってきて部屋を荒らしていきました。昨日、倉前さんに会いに来た三人の内の二人だと宿の主が申しておりました」

「来たか」

「また来るのではないかと思って、障子の桟のあたりに小石を撒いておきました」

「おぬしは忍びか。ま、よい。灯《あか》りをつけてくれ」

和三郎は夕食前に宿の主がもってきてくれた火打ち石で行灯に火を灯《とも》した。

「倉前さんの連れは、うらの火打ち石を盗んでいきました」

「そういう輩じゃ。今中大学《いまなかだいがく》などにこき使われておるから、盗人に成り下がるのじゃ」

そういって頭に被っていた手拭いを取った。炭で黒く塗りつぶした顔がいきなり出てきた。さすがに和三郎はぎょっとした。さらに驚いたのは黒い炭の間をどす黒い血が流れていることである。

「血が出ています」

「かすり傷じゃ」

倉前は手拭いで顔を拭い、付着した炭に血が混じっているのを見て顔を歪めた。

「宿の者を起こすわけにはいかんじゃろな」

倉前はどこか怯《おび》えたような声で聞いてきた。

「切り傷に効く薬があります」

傷薬を出すと、倉前は急いで塗った。炭の乗った顔に血が広がった。

「女が下におる」

「えっ」

「ここに連れてくるからおぬしは散らばっている小石を片づけておいてくれ。女はか弱いからの」

そういうと倉前は広い背中を丸めて、這うように廊下を歩いていった。その方向が階段とは反対に向かっていくので、どういうことだと和三郎は不思議に思いながら見送った。忍びはあの人の方だった。

七

女が入ってくると、部屋の中は急になまめいた。一体どこからふたりは入ってきたのかと驚いていると、倉前は先程まで被っていた手拭いで丁寧に女の足を拭いだした。

脚絆《きやはん》を取った女の白い足首が眩《まぶ》しい。若い和三郎には歳上の女の年齢はよく分からなかったが、嫂《あによめ》と同じくらいではないかと見当をつけた。美女だった。

「夜が明ける前に、儂は先にひとりでここを出ていく。このおなごは長旅で疲れておる。好きなだけ寝かしてやってくれ」

「え」

「おぬしにはとんだ迷惑をかけることになってしまったが、よしなに頼む」

女の足の指の間を拭いながら、片方の骨張った頬を向けてそういった。大きな目玉の縁が隈取《くまど》られたようになっている。

「これはおもんという。芸州から大事な封書を預かって儂のところまで届けてくれたのじゃ。つまり密書じゃ。分かるな」

「いえ、全然分かりません」

和三郎は急いで頭《かぶり》を振った。

「密書というたら、江戸の殿に届ける大切な文書じゃ。おもんは討手に気取られぬように、船で広島から大坂に入ってここまで来たのじゃ」

「そうですか」

おもんと呼ばれた女は、男に足を拭かれるまま、畳に片手をついてぐったりとしている。きれいに通った鼻筋に気品があった。

「本来なら儂が密書を持って江戸に行くはずじゃったのだが、直前に大学の一味にそれを嗅ぎつけられた。だから儂は偽の封書を腹に抱えて芸州を出た」

「封書の中の書状には何も書かれてないということですか」

「文は書かれておるが密書ではない。儂は囮《おとり》となって、討手の気を惹《ひ》いてようやくここまで来たのじゃ」

「はあ。……しかし、そういう藩の大事にかかわることを、修行人のうらなんぞに話していいんですか」

「ヨイのじゃ」

「しかし……」

「最早《もはや》、おぬしは儂の仲間と同じじゃ。昨夜一緒に飯を食ったからな」

「はあ」

すでに眠気は吹き飛んでいる。倉前は少し声を落としてはいるが、みなが寝静まった宿の中では、その野太い声は意外なほど響く。和三郎はそれが気になったが、倉前はそれほど意に介していないようだった。女の足を拭き終えると今度は女に、水を浴びるか、と聞いた。

女は黙って頷いた。髪に巻いていた手拭いをとると島田髷《しまだまげ》にゆったきれいな髪が現れた。

「風呂は丁度この下にある。いま上がってきた裏階段から降りられる」

和三郎は大人の女が醸し出す色づいた温《ぬく》もりを感じて、口を半開きにして見とれている。女は部屋の中に杖《つえ》を置いて、手にした荷物を抱きかかえて廊下の奥に姿を消した。和三郎は女の後ろ姿を見送っていたのだが、暗いせいか、どうも女は壁の中に消えていったようにしか見えなかった。

「どこから風呂に降りるのですか」

「隠れ戸の後ろの裏階段から下に降りるのだ。ん、知らんのか」

「裏に戸口があるなんて主はいっていませんでした」

倉前はにやりとした。髭が踊った。

「それはおぬしが若い修行人じゃからじゃ。こういう旅籠には必ず秘密の裏階段がある。密会に使う隠し階段じゃ。ワケありの男女は誰かと顔を合わせるのを嫌がるからな、それで見つかる前に壁板の向こうから裏庭に出ていくのじゃ」

「壁板の向こうとは何ですか」

「壁板が回るように細工されておるのじゃ。遊女は廓《くるわ》だけにおるものではないのじゃよ」

そういってから、ところで、と倉前は急に声を落として顔を寄せてきた。

「儂は明朝、江戸まで突っ走るつもりじゃが、よもやとは思うが、討手がまた来たときはおもんを守ってやってほしい」

声を落としてはいるが、その表情には深刻さは少しも感じられない。

和三郎は泡を喰《く》った。

「よ、よもやどころか、討手は今日の夕方堂々とこの部屋を荒らして行ったのですよ。倉前さんを狙ってくるに決まっているじゃないですか」

「そうかな。やつらが探していたのは密書じゃ。そこには国家老の今中大学の悪政が書かれてある。我が藩の辻維岳《つじいがく》殿と黒田図書《くろだずしょ》、それに浅野遠江《とおとうみ》殿らが告発したものじゃ。殿は若い頃から家老の今中に藩政を任せっきりでな。やつが藩札を乱発したため藩財政はもうどうしようもないところまできている。このままでは破綻するのは目に見えている。なんせ、大坂の商人から十八万両という大金を借り受けておるのじゃ。そのうえ大学一味は賄賂まで受け取ってしっかり私腹を肥やしておる」

倉前は当たり前の表情で話しているが、しがない部屋住みの身の和三郎には恐るべき秘事だった。いきなり、藩政の中枢にいる重役どもに対して戦いを挑む、志士の仲間になった気がしたのである。

「やつらは今日、ここにある儂の荷には密書が隠されていないのを知った。今中大学からなんとかして密書を取ってこいと命令されたのじゃが、あてがはずれたのだ。だからもうここには来るはずがない」

「はあ、そういうことですか」

「この剝き出しの防具が残されているのを見て、それは儂がまだここに逗留していることの証《あかし》だと、まあ普通のやつらなら思うだろう」

和三郎は頷いた。そう誰だって推察する。だからまだ討手はそこいらに潜んで、倉前の動向を窺《うかが》っているのではないか。

「ところが、アホウに限って利口ぶる。連中は、ここに残った荷は、儂がまだ逐電していない振りをするために置いていったものだ、と考えるのじゃ」

和三郎は倉前のいっていることがよく分からずにいたが、一応黙って聞いていた。

「つまりじゃ、儂が連中の裏をかいて荷を残したと考えるはずじゃ。そこがアホウのつらいところでな、裏などかいておらん。こうして儂はここに戻ってきておる。しかもおなごを伴ってな」

「なるほど」

少しずつ倉前のいっていることが頭に入ってきた。聞きながら、何故だか和三郎はだんだん目が冴《さ》えてきた。

「それはすなわち、討手は、倉前殿がこの宿からすでに江戸に向かっていると思い込んでいるということですね。すると討手はもうこの城下にはおらずに、倉前殿を追っていったことになりますね」

「そういうことじゃ。ところが追いかけていったものの、連中は果たして儂が密書を持っているのかどうか疑心暗鬼になっておる」

「それは何故ですか」

「今朝、暗い内に儂がここを抜け出したのは、連中に儂をつかまえさせるためじゃったのだ。わざとな。ま、軽い傷を負ったが、それは計画通りだ。そのとき儂を裸にして体を探ってみたが、密書は出てこん。だから、たとえ儂がこの宿を発って江戸に向かっているとしても、果たして密書を持っているのかどうか、不安にかられておるはずなのだ」

それを聞いてようやく和三郎は強く頷くことができた。

「ところが密書はおもんさんが持ってきた。ここで倉前殿とお会いになることは、事前に決めてあったのですね」

倉前は嬉《うれ》しそうに髭を撫でた。ふんふんと鼻息を出して腹をさすった。グウと鳴った。

「おぬし、剣だけでなく頭もなかなか切れるな。ところで飯はあるか」

「ありません。あ、酒なら少しあります。先程、敬教堂道場の方々が徳利を下げてこられまして、飲み残しを置いていきました」

「もらおう。水腹より酒腹じゃ」

押入から取りだした徳利を倉前の前に置くと、そのまま徳利の飲み口に口をつけた。三口飲んでふあーっと息を天井に吐いた。

「その顔にある傷はどうされたのですか」

額の傷口からはもう出血はしていないが、かさぶたがまるで虫が張り付いているように不気味に盛りあがっている。早朝、芸州の討手から受けた傷ならさっきまで出血しているはずはない。

「これか。実は廓で侍どもといさかいになってな」

「倉前さんに傷を負わせるなんてたいした腕の侍ですね」

倉前から柔術で、さんざんいたぶられたことを思い出してそういった。炭だらけの額を撫でながら面目ないと倉前は呟いた。

「なんせ、相手はふたりじゃ。こちらはおもんをかばうのに必死じゃったから、つい油断した。刀を抜いてくるとは思わなかったのじゃ」

そう倉前はいって目の縁を掻いている。

「かばうとは、おもんさんは討手に襲われたのですか」

「そうではない」

倉前は一口飲んで、頭を振った。急に体から力が抜けたようになった。

「おもんを廓に隠しておいたのじゃ。ところがあの美貌じゃからな、タチの悪い侍どもに目をつけられた」

越前野山土屋領の城下にも楓《かえで》町という色町がある。遊女のいる家屋が六軒、軒を連ねているので和三郎も覗いたことがある。上がったことはないが、そこがどういうところかは、あらまし想像がついた。

「待ち合わせの場所を廓にされたのですか」

無茶苦茶なことをすると思った。

「まあ、そうすれば目立たないとおもったのじゃ。おもんは歌比丘尼《うたびくに》なのじゃ」

「歌比丘尼ですか。あの、それは何ですか」

倉前は苦笑した。

「知らんのか。ま、土屋領にはおらんかの。本来は熊野《くまの》信仰の尼じゃ。家の前で歌い、門付《かどづ》けをもらったり、熊野のお札を売るのが商売なのじゃが、ま、そういうことじゃ」

その人が廓とどういう関係があるのか分からずにぼんやりしていると、行水を終えたおもんが戻ってきた。肌が瑞々《みずみず》しい。いきなり部屋に白光が走ったようだった。

「おもん。ここに酒が少しだが残っておる。岡殿を相手に飲むがよい。儂は一時半（約三時間）ほど眠る。では岡和三郎殿、あとはよろしく」

ごろりと横になると腕枕をした。啞然としていると、不意に倉前はむっくりと上半身を立てた。

「おもんはいいおなごじゃ。実を申すと、広島にはおもんの帰るところはもうないのじゃ。おもんは儂らを手助けするために、国を捨てたのじゃ。ま、色々とわけありでな。あれ程の美貌だけに変な虫がたかってくる。そういう毒虫から逃れる必要があったじゃ」

和三郎は思わず、部屋の隅で髪を静かにすいている女のうなじを見つめた。背中が柔らかく波打っている。

「和三郎殿、おもんはこれからあてのない旅を続けることになる。できれば江戸まで連れて行ってやってくれ。よしなに頼む」

ごろりと音がしたようだった。女が振り向く気配があった。

和三郎はおもんと目を合わせた。その黒い瞳が濡れている。何が何だか分からなかったが、和三郎の腹に砲丸のような重たいものが放り込まれて、ずしんと響いたようだった。倉前はもう鼾をかいている。

八

敬教堂の道場では、昨日と同じく昼餉は出たが、筆頭師範代の古内格之助が張り切って門弟に稽古をつけたので、その分八十名の立ち合いはごった返し、稽古が長引いた。

「今日は参ったであろう。腹もすいた。うまい蕎麦《そば》と酒を出す店があるんじゃ。どうじゃ、寄っていかんか」

藤沢昌助からそう誘われたが、和三郎は古内格之助から木刀で打たれた肩が痛み、早く冷やしたいという思いがあって、すぐには返事ができなかった。十万石の師範代だけあって古内の剣は鋭く、それに荒っぽかった。受けるのが精一杯だった。肩ははずみで打たれたものである。

藤沢昌助とは十本の内、三本は取られた。

藤沢は馬廻《うままわ》り役で百五十石を取っているという。三十歳を過ぎているが独り身なので金回りはよいらしい。和三郎を何故か気に入ったようで、「まず宿に戻って少し休みたいので」と返事をすると、では今夜も剣術談義をしようではないかといった。

「それはいいですね。是非もっと剣術のお話をお伺いしたい。でも酒を飲むのなら倉……多賀さんがおられた方がよいのですが」

「そうじゃな。芸州は剣術が盛んだからな。だが今日も多賀さんは道場に見えなかったが、どうかされたのか」

「はあ。どうも、国許に揉《も》め事があるようです」

倉前秀之進は、暗い内から防具を担いで宿を出ていった。残されたおもんという美女の吐息が気になり、少しの間、和三郎は目を闇の中に光らせていた。

「そうか。揉め事か。そういえば、一昨日、妙な連中が国許から多賀さんを訪ねてきたようだったな」

そういうと、藤沢は若い胡桃沢ら三人を伴って蕎麦屋の縄暖簾をくぐっていった。

和三郎は宿に戻るとすぐに、井戸水で冷やした手拭いを肩に当てて横になった。その内、八十人を相手にした稽古の疲れが出て、いつの間にか眠っていた。目を開いたのは、下女が桶《おけ》に汲んだ水で手拭いを絞っているのに気付いたからである。

「お、すまん」

「こんなに腫れているだ。どして剣術なんかやるんだか、おらには分からねえ」

下女の顔を下から見ると、小鼻がひくひくと動いている。

「では、おまえはどうして働いているんや」

「山の畑でできるのは稗《ひえ》くれえだ。麦なんか食ったことねえ。おとうは腰が曲ったまま何も食えずに死んだんだ。おっかあに、村の者はおらを売れといったから、おらはここにきたんだ」

「そうか」

「おらはツラが悪いから廓にいかなくてすんだんだって、おらを連れてきたおじさんがいっていただ。醜い女は売れネーってさ」

「そうか」

下女は上からまっすぐに和三郎を見下ろした。顔の肉が垂れてきたせいか、下女の頬はたるんだ牛の腹のようになっている。

どう反応したらよいのか分からずに肩の痛みを我慢していた。窓から涼しい風が入ってくる。雨の匂いがした。

「う」

喉が詰まった。下女が和三郎の裸の胸に体を被せていた。

「おい、どうしたんや」

首を立てて下女を揺すってみたが、まるで石地蔵が被さっているようでびくとも動かない。

「おらは、おらは、もういやじゃ」

顔を和三郎の胸にひっつけたまま、呻くように呟いた。いつの間にか荒縄のようにごつくなった下女の両腕が、和三郎の両脇の下をぐいぐいと縛り付けている。

今度は巨大な猪《いのしし》にのしかかられた気がして、和三郎は思わず「けっ」と吠《ほ》えた。

廊下をドタドタと走ってくる者がいる。再び首を起こしたとき、障子の向こうから胡桃沢金治郎の顔が出てきた。

「お、これは失敬。お取り込み中でしたか」

胡桃沢は汗ばんだ顔を掌で拭った。大きな目玉がさらに一回り脹れあがっている。

和三郎はあわてて下女の体を押しのけた。

「違うんや。取り込んでなどおらん」

そういってようやく下女の体を剝がすと、胡桃沢の後ろから細長い番頭の顔が出てきた。

「どうかされましたか」

と番頭が舌を丸めるようにいった。胡桃沢は番頭を押さえ、喘ぐように頭を振った。

「芸州の多賀軍兵衛殿が四人の武士の狼藉《ろうぜき》にあって、拉致された。藤沢さんが後を追っているが、岡さんにも知らせろということでした」

えっ？　と和三郎は飛び起きた。

とっさにおもんという美女の面影が被さってきた。

「倉前、いや、多賀さんはひとりでしたか」

そう聞く間に、和三郎は荷から新しい草鞋を取りだして履きだした。

「それは分からん。私と藤沢さんが蕎麦を食って出たところで、多賀さんと会ったのだ。そこへ四人の武士が現れて、いきなり多賀さんに摑みかかったのだ」

「どこに連れ去られたか分かりますか」

和三郎は剣を取り、身支度を整えた。あの方には武名録を用意してもらったり、色々と世話になったと思った。

「あの様子だと、水門川《すいもんがわ》の河口、船町《ふなまち》のはずれあたりでしょう」

それにこれまであの人のように、人を喰った、得体の知れない人に会ったことがなかったと思っていた。

和三郎は狭くて薄暗い階段を駆け下りた。外にはまだ夕方の明るい陽《ひ》があったが、南東の方にはどす黒い雲が湧き出していて、不気味な空の舞台を演出しだしている。川筋の緑の柳の葉は、空の色には無関心に揺れている。

「こっちです」

胡桃沢は川縁の土手を走り出すと小橋を東に渡った。そこから二丁ほど走ると川幅の広い川に出た。人の姿はほとんどなく、奇妙に眩《まばゆ》い橙色の光の中に、竿《さお》を肩に担いだ職人の黒い影がぼんやりと滲み出ている。

ふたりは荷を積んだ船が行き交う川にかかった橋を渡り、南に急いだ。

海風が吹いてきた。そこまでくると荒れ地が広がり、その向こうに雑木林が見えた。荒々しい男どもの声は、その雑木林の中から響いてくる。

近づくと藤沢昌助の姿がまず見えた。他に敬教堂の門弟の姿が数名ある。乱闘の様子は彼らの後ろ姿に遮られている。

「藤沢さん」

走りながら和三郎は声をかけた。振り返った藤沢の顔が赤く染まっている。

「見ろ、すごい技だ」

およそ十間（約十八メートル）先の雑木林の中では、抜刀した三人の武士が代わる代わる倉前秀之進に打ちかかっていく。すでにひとりは倒されて木の切り株の上で頭《こうべ》を垂れて意識を失っている。

倉前は打ちかかってくる者の剣をかわすことなく、相手の中に入るとたちまち投げ飛ばす。やられた者は木に頭を打ちつけて呻き声をたてて踞《うずくま》る。

その合間にも次の者が真剣をかざして突きを入れる。倉前はごつい体には似つかわしくない敏捷《びんしょう》な動きで相手の背中に回り、後ろから首をかかえて捩《ひね》った。太く短い首の武士は顎の先を空にむけて舌を出した。その武士の顔に大粒の雨が当たった。

夕立が雑木林の間を銃弾のように襲ってきた。

見つめている和三郎の体はたちまち水浸しになった。雑木林の中では、今し方投げ飛ばされた武士が雨に打たれて息を吹き返し、さっそく剣をかかげている。

倉前は小刀を差してはいるが抜く様子はみせない。それが流儀なのかもしれない、だが、

（これではラチがあかん）

と和三郎は地団駄を踏む思いで立ち尽くした。投げられた相手は達磨《だるま》のように、すぐさま起きあがってくるのである。

「藤沢さん、加勢してやらんのですか」

そういうと雨に打たれた藤沢は目を剝きだした。

「これは他領の者の争いだ。我らが手を貸すことはできん」

「そんなことといったって、このままではなぶり殺しに遭ってしまいます」

「岡殿、おぬしならやれる。修行人なら助太刀の名目がたつ。儂らが見届人になる。存分にやられよ」

大きく目玉を見開いたまま藤沢は声をたてた。藤沢の横にいる胡桃沢らは、びしょ濡れになった着物を両腕でかかえて震えている。

倉前は、横殴りに刀を払ったひとりの武士の片足を取って放り投げた。その隙を衝《つ》いて倉前の背後から打ち込んだ者がいる。背中の上衣《うわぎ》が大きく裂けた。

稲妻が走った。薄暗くなっていた雑木林が真っ白になった。倉前の背中から血しぶきが上がった。

雷鳴が響いた。地面に地響きが走った。

九

鍔元を鳴らして和三郎は疾走した。倉前の背中を斬った武士が、さらに一撃を加えようと切っ先をたてた。

「おい」

その武士の真後ろに立って和三郎は怒鳴り声をあげた。前歯を剥きだしたまま振り返った武士は、三寸先に出てきた侍の殺気だったツラとまともに出会って、よろよろと後ろに下がった。

「岡和三郎と申す。四人掛かりで打ちかかるとは卑怯《ひきょう》千万。義によって助太刀致す」

前に出てきた二人の武士は申し合わせたようにいきり立った。和三郎は、度肝を抜かれて戦意を失いつつあった者を含めた三人の顔を、記憶に刻みつけるようにゆっくりと見つめた。

みな一昨日旅籠にいた剣呑な連中だった。頬骨がせり上がったふてぶてしいツラ構えの武士、顔は丸いが目が線を引いたように細いため、水浸しの葬式饅頭のようにしか見えない小太りの武士、この者は最前倉前から首をひねられて舌を出していたはずだ。それから、倉前に背後から一太刀を浴びせた痩せた武士。残ったひとりはまだ切り株に頭を乗せて気絶したままでいる。死んでいるのかもしれない。

三人の背後に倉前が中腰になって様子を窺っている。髭から雨の雫《しずく》が垂れている。その表情は意外なほど冷静でいる。

「岡殿、斬ってもよいが殺してはならんぞ。この者たちは上役の命令で動いただけじゃ。哀れな者たちじゃ」

「だ、黙れ、裏切り者がほざくな！」

ふてぶてしい武士が背後を警戒しながら怒鳴った。

「では、どこを斬ればいいのですか」

和三郎は相手の腕を見切っていた。それに加えて、土屋領で待ち伏せに遭ったことも、山中で不本意ながら同じ藩の者を斬ってその命を奪っていたことも、夕立の中で剣を構える和三郎を落ちつきのあるものに仕立てていた。

「どあーッ」

喚《わめ》き声をあげて最初に打ちかかってきたのは小太りの葬式饅頭だった。和三郎はかわさずに半歩踏み込んでその男の髷を斬り下げた。武士の頭から鈍い音が出た。男は無言で倒れた。顔に大粒の雨がかかり、そこに血が混じって丸い頬を流れ落ちた。
「殺すな！　腱だ」
向こうで倉前が怒鳴った。
死にゃしないやろ、と思ったとき、間髪をいれずに打ち込んできた背丈のある
武士の剣が鋭く和三郎の袖をすくった。次に腹の下を剣先がかすめ、返す刀で和
三郎の脇腹を斜め下方から斬り上げてきた。
相手の腕が伸びあがった刹那をとらえて、和三郎の剣が動いた。手元に軽い手
応えがあった。相手の左腕が真ん中から離れた。剣を握った左腕の、肘から下が
草に落ちた。
「イデーッ！」
ふてぶてしい顔と頑丈な体には似合わない喚き声をたてて、武士は斬られた片
腕を押さえて、雨に濡れた地面をのたうち回った。
残ったひとりはすでに腰を引いている。その頬肉が痙攣を起こしている。
和三郎は気を緩めずに間を詰めた。
相手は下がった。だが、意外なことに、その精神は弓の弦《つる》の如《ごと》くねばり強い。

倉前を背後から斬った男だ。油断はならなかった。

和三郎は待った。相手の仕掛けを待った。待っている間に夕立の音が止《や》んだ。

男の澱《よど》んだ目の奥に銀色の点が生じた。

左腕を前にした男の体が斜めに沈んだ。

男の右腕が懐に入った。

咄嗟《とっさ》に和三郎は上体を前に転がした。そうしながら男の脛《すね》を斬った。

男が悲鳴をあげると、空中に放り投げられた粉が湿った空気の中で舞った。

それは目つぶしのようだった。何でもするやつらだ、と和三郎は思った。

切り株で気絶していたはずの武士は、乱闘の騒ぎに目を覚ましたのか、その姿が消えていた。和三郎は座り込んでいる倉前の前に行って覗き込んだ。

「なぜ、やつらを斬らなかったんですか」

「儂の柔術に人を斬る流儀はない」

威張った口調で倉前はいった。

「倉前さんは殺《や》られるところだったんですよ」

「うん、世話になった。じゃがおぬしならやれると思っておった。もっと早く助太刀に現れるかと期待しておったのじゃ」

何をとぼけたことをぬかしておるのや、と和三郎は心底あきれた。

「江戸に向かったのではないのですか。突っ走るといわれたではないですか」

「待ち伏せに遭った」

「またですか」

「またじゃ。しかし、今度は故意に囮になったわけではない。ばれたのじゃ」

「何がですか」

まったく底の知れない人だとあきれながら、和三郎は聞いた。

「やつらが盗んだのが密書ではなくて、私信だということが、ばれてしまったのじゃ。まさか、国許の今中大学に届ける前に、きゃつらが密書を勝手に開封するとは思っておらんかった。とんでもない輩じゃ」

「盗んだって、いつ盗まれたのですか」

「昨日じゃ。やつらが旅籠を荒らしたときだ」

この人なら背中の傷くらい自力で治癒できる、と思いながら、ですが、と和三郎は昨日の部屋の状態を思い浮かべながら聞いた。

「ですが、あそこには密書など隠してなかったではないですか。盗まれたのはうらの火打ち石ですよ」

「おぬしの荷の中に隠しておいたのじゃ。褌にくるんでな。やつらはアホじゃからな、多分、おぬしの荷も探すと思ったのじゃ」

それを聞いて、倉前の声が細く、嗄れだしているのもかまわずに、和三郎はただ呆然《ぼうぜん》としていた。

いつの間にか藤沢昌助らが倉前と和三郎を取り巻いていた。

「多賀殿、傷の手当をしませんと。近くに医者の家がある。お連れもうそう」

藤沢がそういって腕を差しだした。断るかと思った倉前は意外にも簡単にその腕を取った。

「かたじけない。少し岡殿に話がある。しばらく待ってもらえんか」

「よろしゅうございますが、そこで呻いている者どもは如何《いかが》致しましょうか。芸州藩に知らせを出す間、役所でお預かりいたしますが」

「いや、ほっといておいて結構。戸田家にこれ以上迷惑をおかけするわけには参らんでな」

ご随意に、といって藤沢が下がると、和三郎の耳元に口を寄せてきた倉前は、いきなり、

「恋文じゃ」

と囁いた。

「えっ？」

「きゃつらがおぬしの荷から盗んだ書状じゃ。あれは儂がおもんにあてた恋文じゃったのだ」

「な」

和三郎は咄嗟に倉前を見返した。髭面の中でにたりとねばっこい笑みが浮かんだ。

「んで、怒ったきゃつらが、今朝儂を待ち伏せしておった。からくも逃げたが今度はおもんが危ない。それでさる処《ところ》におもんを隠して、儂は最前まできゃつらと隠れんぼをしておったというわけじゃ」

そういったあとで、あは、と倉前は声に出して笑った。和三郎はあきれてものがいえなくなった。さる処、ともっともらしいことをいっているがおもんを預けたのは廓に違いなかった。

「おぬしには返す返すも世話になった。礼といっては何じゃが、あそこにある防具をおぬしに進呈する」

倉前が視線を送った先に雨に濡れた防具が転がっている。

防具はもう持っている。ふたつも担いで江戸まで行くのはかえって面倒だ。丁重に断ろうとした和三郎を制して、倉前はすまなそうな表情を向けた。珍しく何かいいにくそうにしている。

「そういうことで、おぬしにもうひとつ頼みがある。今夜、例の裏口からおもんが忍び込む。夜明けまでかくまってやってくれんか」

何が、そういうことで、だ、とあきれながら、愚鈍そうに喋る倉前の口元を見つめていた。

「そんなことできません」

「できるじゃろ。今朝も儂が暗い内に出た後でうまくやったのとちゃうか」

「アホなこといわんで下さい。やるわけないでしょう」

寝息を聞いていただけだ、とはさすがにいわなかった。

「おもんが密偵まがいのことをしていたことが、連中に露見してしまったのじゃ」

「それは倉前さんの恋文のせいでしょう」

「戯《ざ》れ言《ごと》じゃ。本気ではない。それはおもんもよう分かっておる。じゃが、こうなってしまってはおぬしにおもんを任せるわけにはいかん。おぬしの身に危険がっておるのだ。

そんな人の名を聞き、連れて逃げる気か。ふたりは無惨な姿で山中に倒れ。

降りかかる」

「えっ、倉前さんは本気でうらにあの人を江戸に連れて行ってほしいと思うておったんですか」

あきれた。そして、もうあきれるのは飽きたと思った。

「こうなったら、明朝、関所が開くのを待っておもんを連れて逃げる。おもんを安全な場所まで連れて行く」

「密書を持ってですか？」

それこそ危険すぎるとさすがに和三郎は驚いた。山中で囲まれて惨殺されるふたりの無惨な姿が頭に浮かんだ。

「密書はここにはない。おもんが持ってきた密書は別の者に預けた。すでに江戸に向かっておる。儂が命を張って連中をここで引きつけておいたのじゃ」

「なるほど」

あきれる代わりに和三郎は相槌を打った。見回すと、周囲を取り巻いていた藤沢等数名の他に、いつの間にか町の者たちまで集まっていた。そばにはまだ、斬られた片腕を押さえてのたうち回っている侍がいる。それを尻目にみな物珍しそうに、背中を斬られて血を流している髭ヅラの倉前を眺めている。

「今夜、おもんは夜伽《よとぎ》をする。岡殿へのお礼じゃ」

藤沢らに肩を抱きかかえられる前に、髭ヅラから赤い舌が覗いた。

十

旅籠に内緒にして女をかくまうわけにはいかないので、和三郎は事前に、多賀から女を一晩預かることになると主に断っておいた。主は了承したが、ひとり分として四百文を請求してきた。一両のおよそ十六分の一である。高いと思ったが、握り飯をふたり分、夜の内につくっておくことを条件に和三郎は支払った。

和三郎は朝餉をとってから旅籠を発つと主に伝えた。和三郎の昼餉は朝餉の残り飯から握られることになる。

六月二日の夜は闇夜になった。

廊下を踏む弱い足音がして、障子の前で止まった。障子が開くと、控え目な衣《きぬ》擦《ず》れが畳に触れた。

おもんさんやな、と和三郎は思った。闇の中でもしっかりと瞼《まぶた》を閉じていたのは、女が小袖を脱ぐ様子が窺えたからである。

夕方に降った雨のせいか、部屋の中は蒸していた。和三郎は胸をはだけ、野袴をつけたまま仰向《あおむ》けに横になっていた。

女はひたりと和三郎の横に寄り添ってきた。

ぎくり、とした。

夜伽、と囁いた倉前秀之進の言葉が闇の中で大きく反響した。

いよいよか、と和三郎は覚悟を決めた。そのあと、覚悟というのは少しヘンだと思った。

女の吐息が和三郎の裸の胸にかかってきた。横向きになった女は夏でも冷たい手を、和三郎の胸においた。くすぐったいと思ったが、和三郎は我慢してされるがままになっていた。

「岡様。命を救って頂き、感謝にたえません。うれしゅうございました」

女の囁く声が耳の奥に忍び込んできた。たちどころに、くすぐったさが太股《ふともも》まで伝わってきた。なんだか、うっとりした。

「岡様」

「ん」

声が嗄れた。

「倉前様からご伝言がございます」

「ん、ん？」

「岡様にもご事情がおありの様子とか。それで越前土屋家の江戸屋敷に行かれる前に、是非、鉄砲洲《てつぽうず》にあります安芸《あき》国蔵屋敷をお訪ね下さいとのことです」

「さようですか」

倉前秀之進には江戸修行に行くといったが、自分が逐電者の扱いを受けていると、はっきりと説明した覚えはなかった。

ただ、何となく、自分が置かれた事情を察していた気配はあった。その意味では、倉前という侍はとぼけてはいたが、油断のならないところがあった。国家老の陰謀を江戸にいる藩主に申し立て、藩改革をめざすというのはマコトのことなのかもしれない、と和三郎は初めて真剣に考えた。

「蔵屋敷に逸見弥平次《いつみやへいじ》という方がおられるそうです。倉前様のご親友で多田円明二刀流をよくする方だそうです」

多田円明という流派は知らなかったが、二刀流というところが和三郎の琴線に触れた。

「剣客として岡様と気が合うだろうとおっしゃっておりました。きっとお訪ねなさいまし」

り返した。

「逸見殿だな。分かった」

闇の中で返事をした。不意に耳たぶに歯が立てられた。和三郎のうっとりがぶ

次に起こることを予期して和三郎は様々な妄想を巡らせていた。こういうことで女を経験することもあるのか、人生とは乱取りの連続だなとも思っていた。

だが、何も起きなかった。

それきり女の匂いは消えた。闇を見つめている和三郎の耳に、女の寝息が離れたところから聞こえてきたのは、間もなくのことである。

十一

草鞋をつけて防具袋を担ぐと、和三郎は宿の主人と番頭に世話になった礼をいった。番頭は膝に額が付くほど頭を下げた。それから上体を起こすと、和三郎に顔を寄せてきた。

「まだ昨日のお代を頂いておりません」

神妙な口調でそういったが、すでにおもんの宿代は支払ってある。何のことか分からず、ただぼんやりと番頭を見返した。

「スミの飯代でございます。一朱でございます」

「スミ？　スミたあ、誰だ」

　番頭は答える代わりに、宿の戸口の前で佇んでいる下女に向けて顎を振った。着物の裾から色黒の脹《ふく》ら脛《はぎ》が覗いている。

「なんでや？　うらはナンもしてないぞ」

「しなかったのはお客様の勝手でございます。スミはお客様のおかげで昨日はたんと飯を食えました」

　し、しかし、といおうとしたとき、よう、岡殿、お発ちか、といって藤沢昌助が胡桃沢ら三人を伴って土間に入ってきた。見送るつもりらしい。昨夜、闘争のあとで旅籠にやってきて、持ち込んだ酒で大いに気勢を上げていた藤沢らは、明日は是非とも和三郎を城下まで送る、と帰り際に声高にいっていた。

　どうやらその約束を守るつもりらしい、と思った和三郎は、番頭と問答するのも面倒なので、財布から一朱銀を取りだして、隣でぴったりくっついている番頭に差しだした。

「昨夜も申したが、江戸には田宮流師範の黒川勇之助《くろかわゆうのすけ》殿がおる。中屋敷におられるから是非訪ねていって藩邸の道場で手合わせをされるとよろしい」

「岡さんの腕なら黒川さんも一目置かれるはずです」

胡桃沢が童顔の中にある可愛《かわい》らしい目を輝かせていった。

「これは土産だ。道中食べてくれ。焼き鮒《ふな》と干し海老《えび》だ」

藤沢は竹皮に包んだ土産を差しだしてきた。和三郎はその熱い心遣いに思わず落涙しそうになった。

では参ろうか、という言葉で一同は旅籠を出た。そこに番頭がスミと呼んだ下女が立っていた。まるで通せんぼをするかのように和三郎を睨み上げている。

「どうかしたか」

と藤沢が下女に尋ねた。下女は下唇を嚙《か》んで白目を剝いている。この女が一朱銀か、と和三郎は溜息をついた。番頭のいう意味はよく分からなかったが、しかしそれでこの下女の腹が一杯になったのならそれでいい、と思っていた。

「握ってみろ」

歩き過ぎようとした和三郎の前に、下女は太い右腕を突きだしてきた。

「？」

「思い切り強く握ってみろ」

下女はまだ睨んでいる。ヘンなやつだと思ったが、下女が猪のようになって被さってきたことが思い出されると、和三郎はそうしなくてはいけない気持にかられて、いわれるまま下女の腕を握っていた。

「もっと強く引っ張れ」

威張るなこの猪女、と和三郎は意地になって下女の二の腕を思い切り強く握った。するとするすると下女の顔が伸び上がって出てきて、和三郎の顎に、吹き出物の浮いた額があたりそうになった。

なんだ、と思ったとたん、和三郎は尻餅をついた。

一瞬、何が起きたのか分からなかった。藤沢も胡桃沢も、他の二人の敬教堂門弟も唖然としている。

「おらに狼藉を働いた者がいたら、こうしてやれと多賀さんが教えてくれただ」

下女は和三郎を見下ろして得意気に笑った。鼻の穴が愉快そうに開いた。誘われて和三郎も笑った。あのとぼけた髭侍の柔術はたいしたものだと、心底感心したのである。

第三章　黒船来航

一

海底の山が噴火した、と耳にしたのは、熱田《あつた》神宮の参道沿いの茶屋で甘酒を飲んでいるときだった。話をしていたのは旅の薬売りと、京から来た古着の行商人風の若い男である。薬売りといえば富山だから、ふたりはこの茶屋で偶然に出会ったものらしい。

和三郎が、海底の山が噴火するとどうなるのやろ、と漠然とその光景を頭に思い描いていると、ふたりの話に割り込んできた旅の老人がいた。

遷宮は二十年に一度ある。すでに四年経ったが、まだ早乗りして伊勢《いせ》参りに行く人も多いのかもしれない。商家のご隠居風のその老人は、連れの下男に床几《しょうぎ》に腰をかけるように促してから、おもむろに口を開いた。

「外国の船が神奈川沖に姿を現したのですよ。あたしどもは舞坂《まいさか》宿に逗留《とうりゅう》していたので見てはおらんのですが、江戸から京に上る早飛脚が実際に目にしたそうで、それはもう大変にびっくりしていました」

「でも、海から爆発音がしたということですよ」

薬売りがそういうと、ご隠居はおっとりした顔で頷《うなず》いた。

「はい、爆発音。でもそれは船に積んである大砲から出た音だそうです。ドドーンと凄《すご》い音が響いて、確かに神奈川宿にいた人は最初は富士山《ふじさん》が爆発したと仰天したそうじゃ」

「それは露西亜《ロシア》の船やろか」

「それはあたしには分かりません。早飛脚も口を濁していました。大分昔に異国の船はかまわず打ち払ってしまえ、というおふれが幕府から出されたそうですが、とてもそれどころじゃない様子でした。でも阿蘭陀《オランダ》船ではないような口振りでしたな。千石船を十回りも大きくしたようなとてつもなく大きな黒い船が、三、四隻もいたそうです」

「外国と戦さが始まるんやろか」

ご隠居は、青ざめている薬売りの額に汗がなめくじのように張り付いているのに目をとめて、懐から手拭いを取りだして差しだした。

薬売りは恐縮して手を振り、自分の手拭いで汗を拭った。周囲には参詣客がいつの間にか取り巻き、固唾《かたず》を飲んでご隠居の次の言葉を待っている。

和三郎は今日のうちに知立《ちりゅう》を経て、岡崎《おかざき》の城下に着く予定をたてていた。名古屋での収穫が乏しかったので、神君、東照大権現様の生誕の地で、是が非でも、本多《ほんだ》家五万石の剣術を体験するつもりだった。

四文を置いて茶屋を出ると、目の隅にごくわずかだが、異質な動きをする者が映った。見直すと、どこかのお店者《たなもの》風の若い男である。格別どうという風貌をしていたわけではないが、袖から覗《のぞ》いた手の動きに微妙な違和感があった。

人々は江戸から来たらしいご隠居の話に耳を傾けている。その人垣が二重三重になっている。

若いお店者は、するすると人垣から抜け出ると、神宮に背を向けて出店の並ぶ参道を人の間をかいくぐって去っていく。防具袋を担いだまま和三郎は若い男の後を追った。

冠木門《かぶきもん》の背後には杉や葉を茂らせた古木が固まって植わっている。その近くに涸《か》れた古い井戸があり、その後に回って若い男は座り込んだ。

どうやら掏摸《すり》取った財布の中味を確かめている模様である。そのあたりは日が差さないとはいえ、参道は参詣者で溢《あふ》れかえっている。大胆なことをするやつだと思いながら、和三郎は井戸の端で踞《うずくま》っている男の真上から顔を突きだした。

「おい」

そういうと、上を向いた若い男の目玉が大きくでんぐり返った。それまでののっぺりとしていた男の風貌に、初めて破《わ》れ鍋を伏せたような表情が浮かび上がった。

とっさに若い男は腰を浮かして逃げようとしたが、和三郎が柄袋《つかぶくろ》を被《かぶ》せた小刀で後頭部を叩《たた》くと、若い男はその場にへたり込んだ。

「おまえは掏摸やな」

そういうと、若い男はぐるぐる回る目玉で和三郎を見て首を振った。だが声を出すことはできないでいる。

「熱田さんを参拝する人の懐を狙うとはふとどきなやつやな。うらは修行の身じゃから、神様に代わっておまえの片腕を斬り落とすことにした」

「わっ」

和三郎の言葉を耳にするなり、がむしゃらに上体を振るって、若い男は兎《うさぎ》のように跳び上がろうとした。だが、和三郎には先刻若い男に打った軽い一打で、相手の背中から腰にかけて痺《しび》れが走っていることが分かっていた。それでゆっくりと柄袋を取り払い、切っ先を軽く若い男の喉元に突きだした。

剣先は喉を突かずに、掏摸の右手のあたりを一閃《いっせん》した。

「けっ」

猿が驚けば、そんな声になるのかもしれん、と暢気《のんき》に考えながら、右手を押さえて地べたに平伏した若い男の腰に、和三郎は今度は防具袋を載せた。

「腕は斬り落としてはいない。でもな、指の腱《けん》を斬ったから当分は掏摸はできんぞ。いや、一生できんかもしれん」

そういいながら、これが腱を斬るということか、と和三郎は満足気に反芻《はんすう》していた。二日前に大垣で別れた芸州の倉前秀之進の、腱を斬れ、という叱咤《しった》に刺激を受けていたのである。

「殺さねーでくれ。こ、これを」

若い男は地面に顔を半分埋めたまま、左の腕を必死で伸ばしている。その手に財布が握られている。

「頼む、これを返す。見逃してくれ」

「そうか、くれるのか。それは助かった。修行人には金こそが頼りなんや」

ためらわずに若い男の手から財布を取った。小金持ちがもっていそうな立派なつくりの紙入れである。中に小判が四枚と銀の粒がいくつか入っていた。

「けなげなやつやな」

和三郎はそういうと四枚の小判を紙入れから抜き出して懐に入れた。宮に入ってすぐに倉前から押しつけられた古びた防具は小道具屋に二朱で売り払っていたので、旅に出てからこれで四両二朱といくつかの粒銀を稼いだことになる。

これも仇討《あだう》ちの助太刀《すけだち》のためじゃ、許せよ、と胸の内で勝手なことを呟きながら、冠木門をくぐって参道に出ると、ありがたそうな表情で神宮に向かっていく人々を尻目に、和三郎は街道まで急いだ。

表情が晴れやかになっている。背の高い色黒の若い侍がばかに明るい顔で歩いていく姿をみて、随分間の抜けた顔で振り返る人もいる。

しばらくの間、掏摸の苦痛と悔しさに歪《ゆが》んだ顔を思い出して、旅の修行人はにたにたしていた。

一時（約二時間）ほど急ぐと池鯉鮒《ちりゆう》の名称がある知立に来た。昼餉《ひるげ》をとり、さらに東海道を歩いた。防具袋を担いでいく和三郎を、旅姿の行商人や伊勢神宮に詣でる参詣人が、ここでも物珍しげに眺めていく。

矢作川《やはぎがわ》にかかる大橋を渡って岡崎の城下に入ったのは八ツ（午後三時頃）にな

っていた。強い日差しに打ちのめされた和三郎は、街道脇で草鞋《わらじ》などを売る店で水をもらって飲んだ。親爺《おやじ》は嫌そうな顔で井戸水を飲む旅の若い侍をずっと睨《にら》んでいた。

一応喉の渇きが落ちつくと、一里塚のそばに植わった高い榎《えのき》が作った日陰に防具袋を置いて頭を置いた。足に溜《た》まった疲れが、濡《ぬ》れ雑巾のように体中を覆っている。知らないうちに和三郎は眠り込んでいた。

二

目を覚ますと、榎の周囲で子供たちが遊んでいた。夕方の風が林の中を吹いてくる。和三郎は何かにせき立てられる気がして、あわてて起きあがった。

歩き出しながら、懐にある財布を探った。どうやら盗まれた気配はない。財布は巾着も含めて三カ所に分けて身につけていたが、小判は、背中に襷《たすき》がけにした晒《さら》しの中に入れる必要があるなと思っていた。今度掏摸にやられるのは自分のような気がしたのである。

そこから城下をめざして歩き出したのだが、碁盤の目のような町造りのようでいて、奇妙に曲がりくねった狭い道が多く、それであちこちに突き当たったり、橋をまた渡ったり、下肴町《しもさかなまち》ではまっすぐに進んだつもりが白山《はくさん》という神社に入り込んでいたりした。

比較的広い街道に出ると、並んだ古ぼけた店構えのしもた屋がまず目についた。「御魂《みたま》研ぎ処《どころ》」と店に看板が出ている。夕方になっているのにまだ陽《ひ》は強い。店の前の植木が干涸《ひか》らびている。

この町には河が多くあり、矢作川などは氾濫して農民を苦しめたことがあるというのに、水を出し惜しみする癖があるようだと和三郎は思った。

街道を横切り、研ぎ屋の店に入り訪《おとな》いを入れた。誰か返事をしたようだが、黄《おう》斑《はん》の光が飛び散ってよく分からない。しばらくすると嗄《しわが》れた声が耳に入ってきた。

用件を聞いているようだった。

板の間に、座った男の姿があった。仏壇の中を覗いたような気がした。

「旅の者や。刀を研いでくれんか」

五十がらみの男は何か返事をしたが、ほとんど意味が聞き取れない。かまわずに和三郎は柄袋を被せた腰の刀を抜いた。

男は腰を屈《かが》めて刀を取ると、顔の前で仰ぐようにしてから柄袋をはずし、口に紙をくわえて静かに鞘《さや》を抜いた。紙は刀身に鼻息がかかるのを避けるためである。

五十がらみの研ぎ師は、少しの間、外から入る光に刀をかざしていた。

「血あぶらが残ってますな」

いきなり、ギロリと青光りをたたえた目を剝《む》きだした。よく見ると研ぎ師は裃《かみしも》をつけている。その髷《まげ》の頭上には立派な神棚がある。

昨夜、旅籠《はたご》で自分なりに研いだつもりだったが、連日人を斬ったのでまだ充分に研ぎ切れていなかったようだ。

和三郎の背中に汗が浮いた。

咄嗟《とっさ》に、山犬を斬った、といおうとしたが、何も弁解することもあるまいと思い直した。研ぎ師は刀を研ぐのが商売なのである。もっとも、正式な刀研ぎ師に刀を預けるのは初めてのことだった。嫂《あによめ》は包丁を研ぎに出していたが、それは二十五文ほどだった。御様御用《おためしごよう》の山田浅右衛門《やまだあさえもん》は、罪人を斬首すると刀の研ぎ代として金二分を受けていたと聞いたことがある。熱田神宮の森で掏摸からかすめ取った四両の余剰金が和三郎を強気にさせていた。

「どれほどで研いでもらえるかの」

「どれほどといわれますと？」

「明日までに研いでもらえますか」

「明後日になりますな。今、仕事にかかっているものがございますので」

それは困ったと思ったが、ここは五万石の城下であるし、旅籠代持ちの道場での稽古が存分にできるはずだと思い直して、そうかと和三郎は頷いた。急いで旅をするな、といった倉前秀之進の忠告も頭に残っている。

「それでは頼みます。あ、どこか旅籠はありませんか」

異な事を聞いた、という鄙《ひな》びた茄子《なす》の顔が和三郎を振り仰いだ。

「これから探すのです。修行人宿を教えてもらえればありがたいのだが」

「修行人宿はよう分からんが、旅籠は百軒以上あるんじゃから、聞けば見つかるはずや」

親爺の口調が急にぞんざいになった気がした。

「百軒以上……探し出すのは大変やな」

「伝馬《てんま》にいけば東本陣、西本陣、脇本陣もあるようじゃ。その他に百軒」

この親爺面白がっているのか、と和三郎は思った。確かに越前土屋領に較《くら》べれば岡崎は由緒正しき城下だが、それでもわずか七千石の差でしかない。百軒以上の旅籠が軒を連ねているというのは驚きだった。

「分かった。ではよしなに頼む。私は越前土屋家の岡和三郎と申す」

「一両頂きます」

「一両？　それは何ですか」

故意に表情を潰して聞いた。

「お刀のお研ぎ代ですじゃ」

「代金を取るのか」

取る、を腹の中では「盗《と》る」に置き換えて、和三郎はいたって生真面目《きまじめ》な表情を取り繕って聞き返した。研ぎ師は唖然《あぜん》とした。

「ここに『御魂研ぎ処』とあるではないですか。一両の代金はいけませんな。ではよしなに」

そう言い残してさっさと和三郎は店を出た。

この吝嗇者《りんしょくもの》めが、相当悪やな、と和三郎は腹の中で嗤《わら》った。物価が高騰したとはいえ百文で米七合が買える。一両なら四斗、米俵一個分の米になる。

研ぎ師は刀を両手に押し戴《いただ》いた姿勢で、呆然《ぼうぜん》としたまま、威勢よく街道を歩き出した若侍を見送っていた。

城を仰ぐように街道を歩いたが、やはりあちこち細かい路地に誘い込まれて道に迷った。まだ夕方の光があるのに何故《なぜ》か常夜灯が目に入る。これは街道をはずれたかな、と思うとそこには吉良道《きらみち》を示す石の道標が埋まっていた。

立派な御殿が並ぶ御馳走屋敷《ごちそうやしき》を経て、たくさんの旅籠が並ぶ伝馬町に着いたのはおよそ四半時（約三十分）もあとのことである。出会った武士に修行人宿を尋ね、「木原屋《きはらや》」という旅籠に着いた時にはすでに七ツ（午後六時頃）を過ぎていた。

出てきた手代はさっさと下男に盥《たらい》を用意させ、足を洗わせた。二階からはすでに夕食の膳を下げた女中が足音をたてて降りてくる。大分立て込んでいるようだな、と思う間もなく、手代が女中に命じて和三郎を部屋に案内しようとする。身なりから懐のさみしい剣術修行人だと素早く判断した様子で、どうやら相部屋になるらしい。

防具袋を抱えた丁稚《でっち》がさっさと二階に上がろうとすると、お武家様、と後ろから声をかけてきた者がいる。外から入ってきた商家の者風の小太りの男が、腰を屈めて和三郎を見上げている。

「失礼ながら、お武家様は修行のお方ではございませんか」

そう慇懃《いんぎん》な声が土間に響いた。周囲の者の動きが止まったようだった。丁稚は階段に片足をかけたまま手代に顔を向けた。その手代は明らかに歪んだ表情になって俯《うつむ》いた。

「そうやが」

和三郎は何も考えることなくそう答えた。すると中年の男の口元に笑いが浮かんだ。

「修行人様にはうちの蔦屋《つたや》でお泊まり頂いております」

してやったりという表情で商人はいった。そうしたあとで宿の手代を睨んだ。

「どういうことかな」

「私ども蔦屋は、お上より修行人宿を給《たま》わってございます。私は主《あるじ》の蔦屋銀五郎《ぎんごろう》でございます。こちらの木原屋さんは以前はそういうこともございましたが、今ではうちで修行のお武家様のご面倒をみるようにおおせつかっております。さ、ご案内致します故、どうぞ今一度、お履き物を」

そういって蔦屋の主という男は持参した草履を取りだした。随分手回しのいいことである。しかし、意外なことの成り行きに和三郎は戸惑った。

「よく分からないが、そういうきまりになっておるのか」

「きまりではございませんが、こちらにお泊まりになれば、旅籠代はお武家様の御負担となります」

蔦屋に泊まれば本多家の払いとなるらしい。和三郎は手代を探したが、さっきまでそこにいた手代の姿はもうない。代わりに女中が防具袋を持った丁稚の背中を摑《つか》んで、階段から引きずり降ろしている。

ややこしい話だが、まあ、よいか、と思い直して和三郎は蔦屋の主の案内で四軒隣の旅籠に行った。防具袋をかかえた木原屋の丁稚が後についてきた。夕陽に当てられた顔は季節はずれの炭火のように燃え上がっている。

蔦屋では四畳半のひとり部屋をあてがわれた。風呂に入る前に、主にさっそく本多家の藩道場での稽古を斡旋《あっせん》してもらいたいと頼んだ。主は気軽に了承したが、和三郎が風呂に入ってさっぱりして部屋に戻ると、主が陰った顔でやってきた。

「生憎《あいにく》、明日の手合わせはできかねると申されております。主立った高弟の方がみなさん申し合わせたように、所用があるということでございます」

その代わり、といって主は二升入りの酒樽《さかだる》を差しだした。

「今夜はこれで旅の疲れを落として下さいと、つい今し方藩道場から差し入れがございました」

「そうか。ではご主人、どこか稽古のできる道場を紹介して下さらんか」

酒は飲まないとはいわずに、そう主に頼んだ。だが主はすぐには了承しなかった。眉間に縦皺《たてじわ》を寄せて首を傾《かし》げている。分かりました、といったのは女中が夕飯の膳を運んできたときである。

「いくつか道場がありますので伺ってみましょう。修行人様と手合わせをする道場はあまりお聞きしませんが、一応明日の朝、尋ねてみます」

主はこそこそという感じで廊下を下がっていった。和三郎は年嵩《としかさ》の女中が盛った飯を食いながら、あの酒樽はどうしたものかと考えた。明日の晩は本多家の家臣の人たちがここで飲むこともあるだろう、と結論が出たのは、飯を三膳も食い終わったときである。

だが、翌晩もひとりで飯を食うことになった。本多家が再び手合わせはできないと断りを入れてきたからである。昼前に宿に来た若い武士は、断りの口上を述べた後ですっかり困惑した様子で頭を掻《か》いた。

「それがしは藩道場で末席を汚している石川久之助《いしかわひさのすけ》と申す者です。実は高弟のみならず、屋敷の道場の主立った方々は、今朝早く江戸に発《た》たれたのでございます。御貴殿もお聞き及びと思いますが、神奈川沖に蒸気船とか申す大砲を備えた外国の船が来航したということで、万一の戦さに備えて出立したのでございます」

なるほどそういうことか、と額から汗を噴き出して申し開きをする同年輩の武士を和三郎は眺めていた。多分、彼も軽輩なのだろう、岡崎で留守番役となって内心忸怩《じくじ》たる思いでいることが和三郎にも感じられた。和三郎は石川久之助に前日藩道場から差し入れられた酒樽を「うらは酒は飲まないんや」といって返した。

六月も五日を過ぎた翌朝、出立前に刀研ぎ屋の店に刀を取りにいこうと階下に降りると、昨日稽古の断りを入れにきた石川久之助と名乗った若い武士が、土間に悄然《しょうぜん》と立っていた。その細面でこの土地では珍しく色の白い武士は、和三郎を見るとどこかほっとしたような笑みを口元に漂わせた。

「どうかされたのですか」

宿の下駄《げた》を履いた和三郎は、もしや、立ち合い稽古ができるのか、と期待を抱いてそういった。ところが若い武士の反応は全然違った。

「二日も無駄に御逗留させてしまい、土屋家のご家臣には申し訳ないことをいたしたと、師範が申しておりました。これは旅の途中の肴《さかな》にと申しつかりました」

丁寧な口上を述べた後でずしりと重い包みを差しだした。

「これはこれはご丁寧に、ありがたく頂戴します」

和三郎の礼も自然に武家言葉になっている。しかし、そのすぐあとで、

「重いですな」

と余計なことを口にしたのがまずかった。細面の武士の顔が赤らんだのが暗がりの中でも分かった。

「は、なにせ、土産は大きくみせるのがいいのだというのが、このあたり、三河《みかわ》の特徴なのです。夏のこと故、大した肴ではありませんが、ねぎ、なすびの煮付けなど、重いのが自慢のひとつでして、いや、剣術の旅だというのにご迷惑でしょうが、なにとぞ、お納め下さいますように」

恥ずかしそうにしながら、若い武士は意外にもなめらかな口調でそういった。

和三郎は返答することができず、ただ、ありがたいといって頭を下げた。それから後ろで立っている番頭にその土産を預けた。

向き直ると石川は、脇差を差しただけで出掛けようとする和三郎を首を傾げて見直した。

「あの、どちらかお出掛けですか」

「これから研ぎに出した刀を取りに行くのです。それから出立します」

「そうでしたか。私は師範からいわれてお見送りに参上致しましたので、お戻りまでこちらで待たせて頂きます」

下から様子を窺《うかが》う目付きでそういった。待たせるわけにはいかないと和三郎は困惑した。

　それを見てかえって迷惑になると察したのか、

「では、それがしも研ぎ屋までお供させて下さい」

と若い武士はいった。断ることもないと思って、和三郎は先に旅籠の暖簾《のれん》をくぐって外に出た。

「石川さんといわれましたね」

「はい、石川久之助です。兄が徒士目付《かちめつけ》を務めておりまして、私はまだ本多家の家臣とはいえないのです」

「そうですか。実はうらも兄が小納戸役でして、土屋家からはまだ何の禄米《ろくまい》ももらってはおらんのです」

　石川が急に近しい者に思えてそう口にした。

「そうでしたか。それでも剣術修行をするように命じられるとは、大したお腕前とお見受け致します」

　かっか、と和三郎が笑ったのは、それが名目だけの剣術修行で、実態はお年寄りから脱藩扱いにされた情けない身分なのだとは、正直にいえずにいたからである。

「岡さんはこれまで随分立ち合いをされましたか」

「はあ、まあそれなりに」

立ち合いをしたのは大垣だけで、あとは真剣をとっての野試合だった。だがそうとはいえず、口を濁した。

「昨日はどこかで稽古されましたか。岡崎城下にも藩道場のほかにいくつか道場がありますが」

「杉野《すぎの》道場に行きました。宿の主が斡旋してくれましてね」

主はいくつかの道場をあたってくれたようだが、他流の者との稽古を受け容《い》れてくれたのは杉野道場だけだったのである。

「杉野……あまり聞かぬ道場ですね」

石川の反応が乏しかったのも無理はない。訪ねた先の道場には屋根がなく、青天井の下、土間に筵《むしろ》が敷いてあるだけの十坪足らずの所だった。外多《とだ》流という流派も初めて耳にしたもので、師範は五十歳を過ぎた恰幅《かっぷく》のいい侍だったが、弟子はまるで剣術の心得のない者ばかり八名が出てきた。

とにかく和三郎の竹刀《しない》にさえ掠《かす》めることができないのである。仕方なく掛かり稽古の相手をしたが、和三郎はただ同じ所に立って、突き掛かってくる相手の竹刀を流しているだけだった。

師範の杉野は最後まで竹刀を取ろうとしなかった。和三郎はあえて師範との稽古は頼まずに、一時（約二時間）もたたない内に道場を辞してきたのである。

しかし、その詳細については石川にいわなかった。石川もあえて聞こうとはせず、代わりに辻《つじ》を曲がって狭い路地に入ったところで妙なことを口にした。

「岡さんは、これまでの立ち合いで相手から遺恨を買うようなことはありませんでしたか」

「遺恨ですか、こちらにはそのつもりはなくても、相手が怨念を抱いたことはあったかもしれません」

そう答えたのは、はからずも野山山中で、適塾の伊藤慎蔵という学者を助けるために、同じ野山藩土屋領にある別の道場に属する者を斬り殺す羽目になったことを頭に浮かべたからである。

ことに大川道場の師範代をしていたという者を、一寸の差で斬ってしまったことには、内心忸怩たる思いがあった。相手が免許皆伝相当の腕前だっただけに、そこまでの艱難辛苦《かんなんしんく》の修行を思うと、無惨な思いだけが残っている。斬られていたのは自分だったかもしれないのである。

「昨日帰るときに見かけたのですが、宿のあたりを窺っている男がいたのです」

不意に石川はそういった。

「どうもうろんなやつで、侍のくせに手拭いを髷に巻いた上から笠《かさ》を被っていたのです。顎が尖《とが》った若い男です」

そういわれて頭に浮かんだのは、大垣城下の荒れ地で倉前秀之進が投げ飛ばした芸州の侍である。四人の内、大木の切り株に頭を打ちつけて失神していた者が、闘争の間に姿を消していたことである。尖った顎の目立ったあの侍は、仲間が和三郎に斬られるのをどこかで見ていたはずだ。

(すると、倉前殿を追跡するつもりが、どこかでうらの姿を見かけたということやろか)

「なにか思い当たる節はありますか」

石川は臆したようにそういってから、びっくりしたように頭を上げた。隣を歩いていた和三郎がいきなり走りだしたのを知ってあわてたのである。

三

路地から畑地に出るところを菜っぱの入った籠を背負った百姓が歩いていた。

うろん、と石川が口にした通りの怪しい風情の男であった。

和三郎の足音を聞きつけた百姓は、笠の下から仰天した目を上げた。そのときには和三郎の拳が若い百姓の頬骨を打ち砕いていた。一声も洩《も》らさず、背負った籠の上に男の体は倒れた。泥にまみれた顔が土蜘蛛《つちぐも》のように変化している。

「ど、どうしたのですか。一体、どう、どうされたのですか」

ようやく追いついてきた石川久之助が、口から泡を飛ばして和三郎を見上げた。

「うん、こいつだ」

石川の方を振り向かず、和三郎は百姓の上体を起こすと、畑の端をちょろちょろと走っている流れの中に、その泥まみれの顔を突っ込んだ。

「けっ」

百姓は喉からくぐもった声をあげた。あっ、と石川が声をあげた。

「この者です。昨日、宿のあたりを窺っていたのは、確かにこいつです」

「そうか、そういうことか、執念深いやつらだ」

倉前秀之進を襲った者のひとりではなかったが、こいつの方が余程タチが悪いと和三郎は腹を立てた。

「ど、どういうことなのですか」

「お恥ずかしい話だが、こいつは土屋領にある陣屋の小者《こもの》で、うらの兄弟子を殺したやつの下で働いておるのです」

そういうと、和三郎はまだ目を開けずにいる若い男の野良着の右袖をまくってみせた。

「あ、斬られた跡があります」

「うらが肘を斬ったのです。ひと月は静かにしていると思ったのですが、しょうがないやつや」

そういいながら野良着を締めていた紐《ひも》を取ると、和三郎は素早くその紐で若い男を縛り付けた。伊藤慎蔵の襲撃に加わった三人の内のひとりで、代官の下で使いっ走りをする割元《わりもと》のひとりだった。和三郎よりふたつ、みっつ歳下《としした》のはずだった。

「石川さん、こいつを少しの間ここで見張っていてもらえませんか。うらは研いだ刀を取りに行く」

う、う、と石川は唸《うな》っていたが、菜っぱの入った籠を小者の頭から被せると、返事を聞かずに和三郎はひと気のない街道に出て、一目散に刀研ぎ師のところに走った。

汗まみれの和三郎を見た研ぎ師は、ちょっと度肝を抜かれた様子で上体をのけぞらせた。

しかし、刀は研ぎ終わっていたようで、すぐに奥から神妙な態度で鞘に入れた刀を抱えてきた。和三郎は鞘から刀を抜き、刀身を朝の光に当てた。

いい仕事だった。曇りなく磨かれた刀身から、龍が青い炎を残して飛び立っていった痕跡があった。妖気さえ漂っていた。

刀はすでに人の血の味を吸い取っていた。

(なるほど、妖剣というものは、何人もの鮮血に磨かれて出来上がっていくものなんやな)

一通り感心すると、和三郎は刀身を鞘に納め、懐から分厚い財布を取りだした。なんといっても掏摸から掠め取った四両のうちから支払うのであるから、少しでも後ろめたそうな態度をしてはいかんと思っていた。自分でも少々タガがはずれた行為だと自省していたが、今はそうもいっておられんとその思いを無理矢理抑えつけた。偉そうにしている方が立派な修行人だと見られるのだ、と言いきかせたのである。

「一両であったな」

和三郎は小判を取りだした。

「いえ、半金で結構でございます」

研ぎ師の頬に怯《おび》えが浮いた。試し斬りにされるとでも思ったのかもしれない。

「では手を抜いたのか」

「め、滅相もございません」

「冗談や。いい仕事をしてくれた。これを納めてくれ」

和三郎は小判を一枚板間に置いて研ぎ屋を出た。もう太陽は強い光を放っている。街道には喜捨を乞う数名の僧侶の姿が遠くにあったが、その黒い衣から狐火《きつねび》を連想させる、こまめに躍る光が陽光を受けて反射していた。その強い光の下で頭から籠を被せられた小者と、呆然と佇《たたず》んでいる石川久之助がいた。

「申し訳ないことをした。石川殿にはとんだ迷惑をおかけした」

あ、いや、と石川が恐縮していった。小者に被せた籠を取ると、汗と涙で埋まった情けない若者の顔が出てきた。

「今度はうらの命を狙うように命じられたのか」

「え、いや、うらは、嫌だっていったんや、んだが、顔を知っているのはおまえだけだといわれて、おっかあに五十匁《もんめ》の銀をやるちゅうから、んだからうらは……おねげえだ、殺さねーでくれ」

「だめだ。いま刀を研いでもらったばかりでな、この刀がうぬの血を吸いてえといっておるんや」

「ひえーッ」

小者の悲鳴が畑に響き渡った。だが、遠くの畑で動いている人影は小さく、動きに変化はなかった。

「そこの神社まで歩け。神様に命を捧《ささ》げられるんじゃからな、うぬは幸せなやつや」

下駄を履いた和三郎が蹴飛ばすと、小者は腹をすかしたひき蛙《がえる》のように弱々しく跳び上がった。

「岡殿、何やら複雑な事情があるようですが、本多領で殺しをするのはまずいですよ。それがしの兄は徒士目付を仰せつかっています。弟の私でも見逃すわけにはいきません」

（謹厳実直なやつやな）

和三郎は青ざめた石川の額から汗がしたたり落ちているのをみつめて、そっと笑い返した。

「石川さん、少し早いが昼飯を食いませんか。今日は藤川《ふじかわ》宿から赤坂《あかさか》宿まで、谷間の道を行かなくてはなりませんので、腹に飯を溜め込んでおかなくては」

はあ、と抜け殻になったように返事をした石川は、膝を曲げてようやく歩きだした小者を見て、もう一度、はあ、と今度は驚きを乗せた声でいった。

四

岡崎城下から藤川宿までの二里（約八キロメートル）は田園地帯の平野が続いた。だが、藤川宿を過ぎると街道の両脇から山が迫る谷あいの道になった。昼の九ツ（正午頃）を半時（約一時間）ほど過ぎたばかりだというのに、旅人の姿も少なくなった。

梅雨《つゆ》明けの夏の谷あいの街道には、そこだけ陰気な風が山からゆらゆらと吹き降りてきた。その街道を深網笠《ふかあみがさ》を被り、紋付き羽織に浅黄緞子《あさぎどんす》の野袴を穿《は》いた武士が六名、その武士に従う中間《ちゆうげん》が三名急ぎ足で上っていく。

それに紛れて、中間と同じ菅笠《すげがさ》を被った和三郎が背負い袋を担いで進んでいく。

和三郎の後を片足を引きずって従っているのが、野良着で和三郎の様子を探っていた土屋領織田陣屋の割元の小者である。小者はさんざん和三郎にいたぶられた後で、怯えながら名を「瀬良水ノ助《せらみずのすけ》」と名乗った。水ノ助は岡崎名産の野菜の入った挟み箱の他に、和三郎の防具袋を担がされてすでに息もたえだえの様子でいる。頰骨に沈んだ青い痣《あざ》が痛々しい。

六名の武士は岡崎本多家の家臣である。先発して江戸に発った藩道場の高弟に続いて、昼前に城下を発つことになっていた者たちである。

一時半（約三時間）、前のことである。

水ノ助を飯屋の外の楢《なら》の木に繫《つな》いだままにして、石川久之助が和三郎に提案をしたことは、次発で江戸に向かう本多家の者に交じって赤坂宿まで同行したらどうか、ということであった。

「藤川宿と赤坂宿の間で、飯塚さんは岡様を襲う相談をしていた」

と神社で水ノ助が告白したのを耳にした石川は、驚きを隠せない顔で、

「それは何故ですか、どうして岡殿は同じ土屋家の者から狙われるのですか」

と唾を飛ばして質問してきたが、それこそ和三郎が聞きたいことだった。

「こいつらは江戸から来た蘭学者《らんがくしゃ》を土屋領の山中で待ち伏せして殺害しようとしていたのです。たまたま江戸に向かううらがその蘭学者を救うことになったのや

が、その際、二人を殺害してしまった」

えっ、と石川は丼を持つ手を空に預けて蒼白《そうはく》になった頬を向けた。

「岡殿は人を斬ったのですか。しかも二人も。そんな人とは初めて会いました。その刀で斬ったのですか。そうか、それで研ぎに出したのか」

「いや、それはもう十日近く前のことです。それに斬らねばうらが殺《や》られていた。なんといっても、斬り合いを咎《とが》めたら今度はこちらに向かってきたのやから」

目を一杯に見開いて和三郎を石川は見つめている。和三郎はそれ以上説明をする気にはなれず、ただ固くなった黄色い飯をもぐもぐと食っていた。飯が固いのは朝飯の残りだからである。武家でも昼飯は朝の残りを食っていたから和三郎は不満に思うことはなかった。ただ、いくらなんでも食い過ぎかなと感じたまでである。

少しの沈黙のあとで、和三郎の置かれた立場を石川久之助は彼なりに理解したようで、「それでは、こうしたらどうですか」と切り出したのが、江戸に向かう本多家の家臣団に交じって旅をするという提案であった。赤坂宿まで、和三郎に殺されたという仲間の襲撃を受けずにたどりつくことができれば、あとは豊橋《とよはし》の吉田《よしだ》宿まで平野が続く。

「実は私も兄に江戸に行きたいとお願いしていたのです。私は三男ですからどうにでもなります。今日発つ者はみな三十石ほどの下士で、突然の上役からの命令ですから、江戸に下るにも充分な旅支度もできず、中間さえ満足につけられません。ですから、私は中間のひとりに加えてもらってでも江戸に行きたいと思っていたのです。これからさっそく準備をします。宿で待っていて下さい」

生真面目な上、一直線に物事を見る性格なようで、石川はそういうと食べかけの飯を残したまま脱兎《だっと》の如《ごと》く飯屋を飛び出していった。

（いくら中間として供をするちゅうても、そう簡単にことが進むわけがない）

城勤めというのは窮屈なものなのである。規律、前例、階級、武家御法度に縛られて息を詰めて生きている。それでいて出世の望みは薄く、自由さえ与えられない。毎日登城して昼飯を食い、夕刻前に屋敷に戻り、評定所から回ってきた書類を読み、黴《かび》くさい部屋に閉じこもってさらに書物に顔を埋《うず》め、夕餉を待つ退屈な生活の繰り返しである。

和三郎は土煙をたてて走り去る石川の姿を目にとめながら、いささかあきれていた。あそこにも厚い殻を蹴破ってなんとか外に出ていこうと、必死でもがいている間抜けな雛《ひな》がいると思っていた。ただその感情は、相手を見下すという思いではなく、むしろその軽率な行動をたのもしく思う同輩意識に染まっている。

そのとき表で縛られたまま転がされている瀬良水ノ助と視線が行き合った。殴られてぐったりしている水ノ助には最早《もはや》逃げ出す気力もないようだった。

見当違いの怨念を抱いて自分を殺しにきた者たちの一味の者ではあったが、ふと和三郎は哀れを催した。

それで、おい、水ノ助と声をかけた。

「飯を食うか。じゃが、体が痛くて飯は喉を通らんやろ」

すると、「食う」と水ノ助は息も絶え絶えにそこだけはいやにはっきりと返事をした。

和三郎は水ノ助を縛っていた紐をほどき、飯屋に引きずり込んで石川が残していった飯を与えた。汚れた手でがつがつと飯を食う水ノ助に和三郎はほとほとあきれた。これでは猿以下だと思ったのである。

「おれを殺すように命じた飯塚というやつは、おまえの母に銀五十匁を与えてくれたのか」

「やるといっていた」

「確かめていないのか」

水ノ助は頷いた。喉を詰まらせたので和三郎は水を与えた。

銀五十匁あれば二俵の米が買える。田舎にいる者にとっては大金だった。

「おまえに兄弟はいるのか」

「兄者がおる。んでも、年七俵の扶持米《ふちまい》じゃからおらの弟も妹もくわしていけんのや」

「七俵だあ。何の役についているんだ」

「浄弦川《じょうげんがわ》の水門の守りや」

「兄弟は何人いるんや」

「うらの下に弟が三人に妹が二人いる」

「すると七人兄弟か」

つくり過ぎだとそのとき和三郎はあきれた。

「親父《おやじ》殿は何をしているんだ」

「徒士組《かちぐみ》におったが四年前に死んだ。遺恨を受けて斬られたんや」

「どんな遺恨や」

「よう分からん。呼び出しを受けてどこかに向かったんやが、途中の原で殺された」

城下から離れた織田陣屋にも様々な葛藤があるようだった。ふと刀を振り回して人を殺すことしかできない侍という者が情けなくなった。苗を植えたり、小屋を建てる者の方が余程立派な生き方をしていると和三郎は思った。

うらもその情けない侍のひとりなのだ、と嘆息した和三郎は、すぐに大事なことを聞き忘れていることに気付いた。

「それで水ノ助を偵察に出した飯塚は、何人でうらを襲撃するつもりなんや」

「飯塚を入れて六人や」

「六人。うらを殺すためにおまえも入れて五人も集めたのか」

「いや、岡さんを殺すのはついでで、そのあと江戸に行くとゆうておった。うらは江戸に行く者の勘定に入っておらんのや。岡さんの様子を探るために二日前からここにおったんや」

水ノ助は土まみれの善良な表情で何気なく内情を口にした。二日前から岡崎城下にいたというひと言が和三郎の癇《かん》に障《さわ》った。

(様子を探っていただけではあるまい)

和三郎は立ち上がり、そっと水ノ助の後ろに回ると、だしぬけに背後から羽交い締めにした。水ノ助は飯粒を噴きだした。声も出せないほど喘《あえ》いでいたが和三郎は腕の力を緩めなかった。

離したとき水ノ助は丼の中におでこを突っぷして死んだようになっていた。実際、和三郎は殺してもいいつもりになっていた。案の定、水ノ助の首から吊《つる》した守り袋の中に、藁《わら》の丸い茎につめた小さな丸薬が四つ入っていた。

和三郎は水ノ助を飯屋の外に連れ出した。飯屋の親爺は異常に気付いていたが寝ぼけたような顔を向けただけで、すぐに暗い奥に入っていった。昼には早い時なので、まだほかに客の姿はなかった。

「飲め」

と和三郎は脅した。水ノ助は和三郎の掌《てのひら》に丸薬が置かれているのを知って捕らわれた猪《いのしし》のように暴れ出した。和三郎はあわてなかった。首の付け根の半寸上に人の動きを止めるツボがある。そこを押すだけで相手の自由を奪うことができる。

和三郎の指が水ノ助の太い首の後ろにある窪《くぼ》みを軽く突いた。倉前秀之進にかけられた技は柔術であったが、いま和三郎が水ノ助にかけたのはむしろ気合い術、とか合気武術と呼ばれるものだった。

この技を和三郎は旅の絵師から教わった。十四歳のときである。

「飲め」

もう一度和三郎はそう命じた。口を固く閉じていた水ノ助だったが、すぐに抵抗する力を失って分厚い下唇を開いた。その泥にまみれた顔の一筋が白くなった。水ノ助は声に出さず泣いていた。

和三郎は水ノ助の首に巻いていた腕をはずした。水ノ助は腰から崩れた。四つん這《ば》いになってそのまま泣き続けた。

「飲めないのは、これが毒薬だからだ。様子を探っていたのは隙をみて宿のうらの飯に毒薬を混ぜるつもりだったのやろう。わめはどこまでも小狡《こずる》いやつだ。最早これまでだ。分かっちょるな」

水ノ助は体を支えることができなくなり、地べたに俯《うつぶ》せになった。肩が震えていた。

その水ノ助は痛々しいまでに体を前のめりに折って、一行の最後尾を歩いている。和三郎は脚を緩め、水ノ助が傍らに追いつくのを待った。

「もう藤川宿を過ぎて一時近くになる。飯塚たちが待ち伏せているのはどこや。このまま無防備に行っては本多家の家臣に迷惑がかかりおる」

う、と水ノ助は呻《うめ》いたが、次に続く言葉が出なかった。

「何のためにおまえの命を救ってやったか、よう考えてみろ。防具袋を担がせるだけやないんやど」

道は緩やかに左に曲がっている。急斜面が迫る左の裾野まで樹木が茂っていて、その先は見通しが悪い。

先を行く武家と従者の中間の姿が、斜面の向こうに消えていった。代わりに菅笠を被った商人風の男がふたり、背に風呂敷包みをかついで右手の斜面を沿うように足早にやってきた。小袖の尻を端折《はしょ》り、パッチを穿いた姿は紛れもない旅の商人だった。だが、どちらが主人でどちらが供の者なのか判然としない。

ふたりとも、その脇腹に道中差を差している。

(うろんなやつらだ)

商人の歩き方ではなく、どこか山の中で鍛錬をしたような無骨な脚の運びであるのが、和三郎の癇に障った。

「水ノ助、やつらのツラに見覚えがあるんやないか」

「えっ？」

水ノ助は菅笠を上げた。げっそりした顔がやってくる商人の方に向けられた。

「どうや」

「あ、いえ、うらにはよく見えねえだが」

旅の商人は普通日よけの浅い笠を被っている。ところがやってくるふたりの被った菅笠は深めで、その面体は、はっきりしない程日の陰に入っている。

（えーい、ままよ）

和三郎は柄袋をはずすと、鍔元《つばもと》をきり、真剣を抜くなり走りだした。

（先手必勝。人違いだったらあやまろう）

そう胸の内で叫んだ。

五

「岡殿！　どうなされたのだ！」

先を行く六人の本多藩士の脇を、抜刀した和三郎が駆け抜けた。藩士と三人の従者が驚いたのも無理はなかった。

「岡殿！」

叫んだのは石川久之助である。その叫び声の後ですぐさま走り出す気配がした。詳しい事情を説明して一行に加えてもらったわけではない。全ては久之助に任せておいたが、旅の途中で待ち伏せする者がいるとは露知らない。六人の間から、波が砕けるような動揺が走るのが和三郎にも感じられた。

およそ一丁（約百九メートル）を和三郎は全速力で走った。

「貴様らあ、騙《だま》し討ちをする気やな」

怒鳴りながらすさまじい勢いでふたりの商人に迫った。和三郎の顔は大蛇をも食い殺す鬼の形相になっている。

「げえっ！」

「わあーわあー」

意味不明の叫び声をふたりは放つと、その場に平伏《ひれふ》した。背中の荷物がひとりの男の菅笠を打ち、髷がひっくり返った。もうひとりは頭を道に埋めて震えている。

（しまった。こいつらはただの商人や）

和三郎はふたりを見下ろす形で刀を上段に上げている。しかし、真剣を降ろす間合いがつかめない。

（だめだ、あやまろう）

どこか単純なところのある和三郎はたちどころに詫《わ》びる覚悟をした。

まず、抜き身を鞘に納めた。そのときいくらか動転していたのだろう、居合いにつながる抜刀術を十二歳のときからやっていた和三郎だったが、急いで刃《やいば》を鞘に納めるとき、掌を物打《ものうち》の三ツ角で傷つけた。

（マズ）

そう舌打ちした。そのとき山から銃声が響いてきた。

猪か、と思って顔をあげた。そのとき目の隅に人影が映り、それは倒れ込んでいく武士の姿であった。一丁ほど一行の先を歩いていた供連れの武士の方が、銃で撃たれたのだ。このあたりは譜代藩であったはずだが、一万五、六千石の小藩なので、所領する大名の名前など和三郎には分からない。ただ、三河なら、どうせ松平《まつだいら》だろうと思っただけである。

和三郎は撃たれた武士に向かって走りながら、険しい山に視線を向けた。奥の方で笹《ささ》が揺れたようだったが、人影ははっきりと見えなかった。撃たれた武士が待ち伏せに遭ったことは分かったが、それで和三郎が動転したわけではない。どの藩も大砲を備えた外国船が神奈川に来航したことで、にわかに藩論が徳川方に加勢をするか、まず様子を見ながら自領を固めるかのふたつに分かれだしたようだと思っていた。

あの武士はそのとばっちりを受けたに違いない、と和三郎は比較的冷静に情勢を見て自ら頷いていた。駆け寄りながら、

（ともかく商人にあやまるのは後にしよう）

と思っていた。

背後から本多家の家臣が足音をたてて近づいてくる。

そのとき奇妙な光景が和三郎の目を衝《つ》いた。倒れた武士の近くでは、三人の作業衣を身につけた男たちが崩落した岩石を片づけていた。それまで目に入らなかったのは、男たちの姿が街道に溶け込んでいたからである。

そのうちの手拭いを頭から被った男がゆっくりと倒れた武士に近づき、背中を曲げて男を覗き込み、何事かいったようだった。大丈夫か、とのどかな感じで聞いているようにも窺えた。

その純朴な土木作業をしていた男たちの様子があっという間に一変した。最初に声をかけた男が手にした棍棒《こんぼう》を振り上げ、ようやく上体を起こし始めた武士の脳天に振り下ろした。

ボカン、と大きな音が響いた。

それを合図に残ったふたりが小刀を抜いて武士に襲いかかった。ついでのよう

に供の中間も棍棒で殴られた。

「おい、こらあー。何をするか!」

再び急いで駆けながら和三郎は怒鳴った。夏の強い陽光が、菅笠を縫って容赦なく和三郎の頭を射してくる。流れだした汗が目に染みる。六人の本多家家臣も口々に喚《わめ》きながら走ってくる。振り返るとみな真っ赤にゆであがった顔になっている。深編笠が揺らいでもげそうになりながら、目を剝きだしている。

和三郎は三人の作業衣を着た男たちの前までくると、再び刀を抜いた。今度は脅すつもりではなく、腕のひとつでも斬り落とそうという覚悟でいた。武士を銃で撃った上、襲いかかる土木作業者などいるはずがない。

しかし、相手はひるむ様子を見せなかった。それどころか、三人の内のひとりは荷台に積んだ岩石の間に隠していた刀を取りだして和三郎に向かってきた。

一瞬の間合いで和三郎は相手の懐に入った。後ろに下がらず打ち込んだのである。切っ先が真っ黒い顔をした男の右肩を刺し貫いた。重い手応えが和三郎の右腕の付け根まで響いてきた。胸筋の発達した上体がゆっくりと沈んだ。

残ったふたりの作業衣姿の者たちの動きはそれ以上の驚きだった。相手が紋付き羽織に野袴《のばかま》の武士たちだというのに、命を棒に振るかのようにまったくひるむ様子もなく、本多家家臣の中に斬り込んでいったのである。

六人のうち先頭に立ったふたりが応戦した。刃が打ち合う鋭い音が、茹《ゆ》だった空気を揺るがせた。道場ではそれ相応の腕前の者たちだったろうが、闇討ち同然の実戦を仕込まれた者たちの剣さばきには手こずっていた。だが、四合目の打ち合いのあと、一人が剣先を尾ながが鳥のようにきれいに返して、相手の腹に打ち込んだ。

六人の内の残った四人は鍔元に手を添えたまま、いささかあわてふためいた様子で立ち竦《すく》んでいる。頑張っていたのは石川久之助である。中間のなりをしていたのでふたりの男たちも見下していたのだろう。真剣を抜いた久之助が、「あいやー」と喚き声をたてて、将棋の駒を逆さにしたような頑丈そうな姿形をした男に斬り込むと、ひるんだ相手は一瞬腰をついた。その男の頭上から久之助は刀を振り下ろした。しかし、切っ先は男の頭上には当たらず、無惨にも小石の混じる山の道を打ちつけた。

戦況に変化が出たようだが、それはすぐにうち砕かれた。先程和三郎が脅かした商人が、いつの間にか本多家家臣の背後に抜刀して迫ってきていたのである。

そのことに和三郎が気付いたのは、最初に刺した男が、これも破れかぶれで反撃をしてきたときだった。

肩からどくどくと血を流した男は、乱杭歯《らんぐいば》を剝きだして体を丸めて突進してきた。油断していた和三郎は受けることができず、とっさに踏み込んで男の首を斬った。首から飛沫《しぶき》のような血が噴き出し、頭が転げ落ちた。

それを見て浮き足立ったのは一人残った作業衣姿の男だけではない。抜刀して本多家の家臣に斬り込んだ商人姿のふたりも一瞬立ち竦んだ。

「水ノ助何をしている。その商人を斬れ。斬らねばおまえを斬るぞ」

和三郎の怒鳴り声が暑い空気の中でひと筋の雷光のようになって武士たちの魂を刺し貫いた。

本多家の武士は我に返ったように向き直ると、その内のひとりが商人の剣をかわして斜め下から斬り上げた。商人はその場でくるくると回ると血反吐《ちへど》を出して倒れ込んだ。残った商人を三人が取り囲んだ。

残った作業衣のひとりは破れかぶれで逃げ出したが、首尾よくその動きを凝視していた和三郎が捕らえて、首を刀の峰で打った。気絶した男の素顔は意外にやさしい顔立ちをしていた。残った商人のひとりは本多家家臣が三人がかりで捕らえた。刀の峰で散々打ち据えられた男は、哀れにも失禁したまま気絶していた。

「水ノ助、また裏切ったな。この商人はおまえの仲間だろう」

「仲間じゃない。こいつらはただの野良犬だ。うらの陣屋の者じゃねえ」

「しかし、おれを襲う算段をしていたやつらだろう」

「そうや」

「なら、仲間じゃねえか。まったくこんにゃくみてえなツラしやがって、何度も裏切ってくれたものだ」

「おねげえだ。殺さねーでくれ」

水ノ助はそこで汗と涙で濡れた顔を芝居がかった様子で歪めて膝をついた。その両手が和三郎に向かって拝むように合わせられている。

（こいつ、こればっかりだな）

和三郎はあきれながらいった。

「ほう、うらを仏様と間違えたか」

「とんでもねえだ。助けて下さい」

「助けるさ。だがこれからは担ぐ荷も倍に増えるぞ」

がっくりと水ノ助は顎を落とした。

「ところでこの中には飯塚というやつはいないようだな」

道端に転がっている首や気絶している作業衣の男たちを見回しながら和三郎は呟《つぶや》いた。顎に痣のある男はいなかったからである。

「石川、どういうことだ。この岡という方とこの者たちは関係があるのか」

本多家の家臣の中で一番年嵩の久米《くめ》という武士が、目尻を吊《つ》り上げて石川久之助に問い質《ただ》した。

「そ、それは……」

と久之助が口ごもるのを和三郎は引き取っていった。

「無関係ですよ。おそらくあの武士を謀殺するつもりだったんでしょう。どこの藩でもいざこざがあるものなんですな。どうも刺客が珍しくない時代になったようですね」

すずしい顔でそういう和三郎を、久之助は啞然と見つめている。

「それにしてもあなたは若いのに大した腕前だ。首斬りを生業《なりわい》にでもしていたのか」

六人のうちで最初に作業衣の男の剣を受けた武士が感心した顔で聞いていた。彼は見事な返し技で、鋭く打ち込んできた男の腹を斬りあげた。直心影流《じきしんかげ》をよくする者で小山内《おさない》といった。

「そんなわけはありません。まだまだ修行人ですよ。それよりこの首や死体を埋葬しましょう。あ、丁度いい。こやつらの鍬《くわ》がありますから、これで水ノ助らにアナを掘らせましょう」

掘らせる？　といって頷いた武士は、改めて転がっている者たちを眺め、それから暑い中で溶けたローソクのようになって立ち尽くしている仲間を見回した。みな、何事もなかったように屈託のない様子でいる若い修行人が、まるで異国からやってきた侍のようにみえていたのである。

「お、岡さん、あの銃で撃たれた人はどうしますか」

久之助があきれた様子を隠さずに和三郎に聞いてきた。

「どれどれ」

といって街道で肩を押さえて呻いている武士のところに行って和三郎はその顔色を窺った。そしてこういった。

「あなたも武士なら、こんなところで死んではなりません。自力で立ち上がり、撃たれた己れの未熟さを反省することです。そして、頑張るのです」

四十を過ぎた武士は首をあげるのも億劫《おっくう》な様子だった。その額に瘤《こぶ》が浮いていている。武士は、そばで無慈悲なことを囁《ささや》いて立ち去る侍を、心の底から憎んでいる様子で片目だけようやく持ち上げた。

武士の目には侍の黒い影が映っていた。だが、何もいえずにすぐに項垂《うなだ》れた。

そのとき瀬良水ノ助と石川久之助の視線が偶然行き合った。

「この人は……」

「あの方は……」

と互いに口の中で呟いた。和三郎の言動が、冷酷さから出ているのか、それとも思いやりの一種なのか、互いに計りかねている様子だった。

和三郎はそのとき、あの銃は猟師のものだろうか、ここで雇い入れた者なのだろうか。この先の新居《あらい》宿を銃を隠して通過することはできないのだから、臨時に雇った猟師に違いないと考えていた。

（するとあの武士が、身代わりになってくれたのか。いやあ危ないところだった）

和三郎は素直に自分の強運をたたえると、今日はこの山を越えたところの赤坂宿で水浴びをしようと思った。

第四章　御油《ごゆ》に残した面影

一

赤坂宿の手前にあった茶屋で、埃《ほこり》まみれになった体を井戸水で流した一行は、甘酒を飲んだだけで再び出立した。茶屋ではみんな、前を歩いていた武家の御用旅の、とんだとばっちりを受けた、と割合愉快そうに話していた。あの者たちは大方、武家と和三郎を間違えて襲った刺客どもであろうことは、石川久之助から固く口止めされていたので黙っていた。分からなかったのは、何故《なぜ》飯塚の背後にいる者は、たかが冷や飯食い一人を殺すのに、それほど執念を燃やすのかということだった。

和三郎は返り血を浴びた着衣を捨て、たまたま行き合った担ぎの古着商人から着物と袴《はかま》を求め、ことのついでに次の赤坂で宿をとるつもりだったのだが、一番年嵩《としかさ》の久米甚蔵《じんぞう》という者が、ギョロ目を剥《む》きだして、

「おぬし、正気か。赤坂宿がどういう処《ところ》が存じておるのか。体が腐る」

と怒鳴った。それから、意気軒昂《けんこう》に、

「我らは吉田まで行く。四日後には江戸に入るのじゃ。おぬしは土屋家の家臣であるから、勝手次第じゃ」

というので仕方なく従った。

しかし、赤坂宿から江戸へは早飛脚でも三日はかかる行程である。それに、和三郎は江戸に入る前になるべく各地の道場で剣術修行をしたいという思いが強くなっていた。東海道には各流派の道場が城下ごとにあるはずだった。

久米甚蔵が今日中に行くと力みかえる吉田もそのひとつである。吉田藩七万石は寛政《かんせい》の遺老、松平信明《まつだいらのぶあきら》が整えた城下町であり、剣術を始めとする武術が盛んなことは各地に聞こえていた。現藩主松平信古《のぶひさ》も藩政改革に積極的だと和三郎ですら耳にしている。しかし、その久米甚蔵は斬り合いでは大した働きはしていなかった。商人に化けた刺客の一人を三人で囲んだ内の一人にすぎない。或《あ》いは、その後方にいたかもしれない。

それでも最後尾に水ノ助を従えて歩きながら、領主に仕える武士の生真面目《きまじめ》さにつくづく感心していた。久米甚蔵は四十歳を過ぎていながら妻子はなく、役職は武具方で四十俵、役扶持《やくぶち》はわずかに四石二人扶持であるという。

(うらにはできんことだなあ)

胸の内でそう呟《つぶや》いて重い足を引きずった。

夕陽《ゆうひ》を背に受けた九人の本多家家臣と中間《ちゆうげん》の背中は、埃と土砂で案山子《かかし》のようにみすぼらしい。井戸で汗を流したとはいえ、思い掛けない乱闘に巻き込まれて、家臣も中間も心身ともにくたくたになっているはずだった。

商人であれば七ツ(午後六時頃)になれば当然のように宿を取る。だが一行は入ったばかりの赤坂宿、そして次の御油《ごゆ》宿、さらには吉田まで足をのばすつもりでいるのだからうんざりする。

歌川広重《うたがわひろしげ》が描いた赤坂宿には、旅籠《はたご》、伊右エ門《いえもん》鯉屋《こいや》が描かれている。だがそこは中町《なかまち》の西側で、その立派な造りの旅籠の玄関に張られた紺色の暖簾《のれん》を横目で見ながら中町から上町《かみまち》に入ると、いきなり派手な女たちが路上にたむろしだした。

(なんだ、ここは……)

そこが女郎置屋を兼ねた旅籠であることは田舎者の和三郎にも察しはついた。

土屋領の下橋《しもはし》田丁《だちよう》は色町で、芸者のいる料亭もあれば、出合い茶屋めいたものもあり、さらに楓町には遊女を置いた宿もあった。その数は合わせて二十軒ほどである。

だが、赤坂宿には怪しげな宿がおよそ五、六十軒も並んでいる。その旅籠のほとんど全ての前に顔を白く塗った女たちが出て、武家が歩いていくにもかかわらず、しなをつくって呼びかける。

「もしもし、お泊まりなさんせ、もしもしなあ」

と胸をはだけた女が先頭を行く久米甚蔵の腕を取った。久米は肩を怒らせて女を振りきり、どんどん行く。女が、「おお、こわ、赤鬼みたいじゃね」といって笑ったが、久米のしゃちほこばった態度は変わらない。

「おい、石川殿、ここはどういうところだ」

和三郎は久之助に並びかけて聞いた。中間の身なりをしている石川久之助には女たちは声をかけない。だが、石川が久米同様、随分体を固くしているのは感じられた。

「いや、実は私も赤坂宿は初めてなのです。噂《うわさ》には聞いておりましたが、いや、どうも……」

「どんな噂や」

久之助の前を歩いていく二人の中間は、腰から下が波打ったようになっている。

「ここは女郎置屋が多いところでして、それでどこの宿もそういう女を置いておると、ま、そういうことです」

そういったあとで、ギャ、と先を行く本多家家臣のひとりが悲鳴をあげた。どうやら宿に引き込もうとしていた女から抱きつかれたようである。

（まあ、遊女を買うのは無理だろうなあ）

よろける同年輩の武士を後ろから眺めながら和三郎はそううそぶいた。

とにかくみな金がないのである。三十石程度の禄米《ろくまい》では家族を養うのが精一杯で、それも隠居した父親と老いた母をかかえていれば、内職をしても飯は腹一杯食えない。親戚付き合いも頭を悩ませることのひとつで、婚礼の祝儀も借金をして捻出《ねんしゅつ》するほどだ。子供の肌着ひとつ買うにも、年に二回が精一杯なのである。

下級武士の彼らが酒を一合飲むのもせいぜい五日か十日に一度のことである。今度の江戸行きにしても、藩から旅費として支給されたのは、たった一両ずつであると和三郎は石川久之助から聞いている。

赤坂宿から御油宿までは十六丁（約千七百四十四メートル）の距離だといわれている。だがそれは問屋場《といやば》間の距離で、道の両側に続いている松並木を行くと、わずか六丁（約六百五十四メートル）ほどで御油宿の旅籠が目についた。次の吉田宿までは二里半（約十キロメートル）の距離である。着く頃には日は暮れるだろうが、行けない距離ではない。それに、と和三郎は思ってみた。

（御油は幕府領で剣術道場などないじゃろ。吉田には時習館《じしゅうかん》という立派な藩校がある）

およそ百年前の宝暦《ほうれき》年間に、当時の領主松平信復《のぶなお》が創設した時習館の充実ぶりは、越前の土屋領にも聞こえている。

松並木を縫って夕方の風が吹き込んでくる。御油宿に入る本多家家臣六名と石川久之助を含めた中間三名の足取りも、風に吹かれて浮き足だったように見える。

御油宿は比較的小さな宿だが、犬矢来の家並みがつづく落ちついた佇《たたず》まいはほっとさせるものがある。それに庭木を通して垣間《かいまみ》見える連子格子の奥に映る人影にも、秘めやかなしなやかさが感じられる。宿場に入ると、千本格子から、女が道行く旅人に声をかけている姿が急に増えた。それでも山深い村から来た和三郎には、派手な着物を着た遊女の様さえどこか旅情を誘い、なんだが気持が休まってくる。

（土屋領にはない風情だなあ。それに女が多い）

和三郎は格子戸の向こうに目を向けて微笑《ほほえ》んだ。向こうでも女が白い肘を着物から覗《のぞ》かせておいでおいでをしている。

（とにかく吉田まで行こう。もうひと踏ん張りだ）

和三郎は気合いを込めた。

ところが宿場に入って二十軒ほどの家を過ぎ、角を曲がったあたりから雰囲気が急に変わった。宿の軒下に立った女たちが旅人を呼び込んでいる姿は赤坂宿と変わりはないが、その引き込み方がすさまじい。笠《かさ》を被《かぶ》った商人の首を摑《つか》んで、

「お風呂もどんどん沸いちょる。泊まらんせ」

と引きずり込んでいる女もいる。気の弱いやつなら断ることもできず、昼のうちから連れ込まれてしまうだろう。

おお、と石川久之助が声をあげた。

見ると、縁台に座った女が、着物の前をおおっぴらに開いて、その太股《ふともも》を団扇《うちわ》で扇《あお》いでいる。奥には黒いものが潜んで夕風の中を泳いでいる。

「お侍さん、これはうめえよ。さあさ、わちきどもに泊まって食いなせえ」

ニヤリとしていった。白いものを塗りたくっているのではっきりとした歳《とし》は分からないが、まだ二十歳くらいの女のようだ。

「女、そんなに股を開いていては興ざめするぞ」

そういったのは、先を行く小山内辰之介《たつのすけ》という者である。だが、久之助は雷で打たれたように棒立ちになっている。

「おい、石川殿、行くぞ」

そう和三郎が声をかけた。目の表面に膜を浮かべた久之助は呆然《ぼうぜん》として和三郎を見返した。

そのとき、肩を怒らせて先頭を歩いていた久米甚蔵が突然足を止めた。

「どうかされましたか」

傍らを歩んでいた小山内辰之介が久米の顔を覗き込んで聞いた。小山内は、待ち伏せをしていた刺客のひとりを討ち倒した剛剣の持ち主である。和三郎の剣筋をあとから感心していた者で、自分は直心影流を習ったといっていた。

笠に手をかけて俯《うつむ》いた久米は、片腕を小山内の肩にあてた。他の者も久米の周囲を取り囲んだ。道行く旅人は何事かと武家集団をたじろいだ様子で眺めていく。

「分かりました。とにかく今日はここで宿を取りましょう。旅人宿があるはずです」

そういう小山内の声が和三郎の耳に入った。すっかり吉田まで行く気になっていた和三郎は、では自分だけでも先に行こうと思った。だが、そうしては申し訳ない気持が和三郎の足を押し留《とど》めた。

なぜ、土木作業をしていた三人が先を行く武家を襲ったのか、商人二人が刀を振りかざして背後から斬りかかってきたのか、みなに説明をしないまま別れてしまうことに、忸怩《じくじ》たる思いがあったのである。

彼らは先を行く武士が鉄砲で撃たれ、その上待ち伏せに遭ったのは、武士のお家の複雑な事情がらみだと斟酌《しんしゃく》しているのである。和三郎のせいだとは誰も思っていなかった。和三郎が追っ手を受けている身だと知っている石川久之助ですら、和三郎は災難に遭った武士を捨て身で救ったと感服していたのである。真実を知っているのは割元《わりもと》の瀬良水ノ助だけだった。その水ノ助はすっかりやつれて、ごみためから顔を覗かせたようになって首を横に倒している。

「久米殿は、どうやら先程の乱闘で痛めた足が腫れているようです。他の者も疲れているようですから、今夜は御油に泊まり、明日早立ちをすることにいたしましょう。ご一同、ご異存はありませんか」

小山内が若いが剣が立つだけあって、久米を除いた五人の内では主導的立場にあるようだった。小山内の提案に一番喜んだのは二人の中間だった。他の者も呻《うめ》き声のようなものをあげて同意した。

「岡殿はどうされますか」

小山内が他の者の頭の上を縫って和三郎に視線を当ててきた。

「はあ、では私もここに泊まります。でも、こう大勢でみな一緒というわけにはいかんのではないですか」

それに宿によって宿賃も違う。木賃宿なら四、五十文ですむだろうが、飯付きとなれば百五十文ほどかかる。それに伊勢神宮への巡礼を客にする「お伊勢さん」、いわゆる御師《おし》にまかせると、二の膳、三の膳をつけた料理を宿に提供させるので五百文もぼられることがある。いつか江戸に修行に行こうと狙っていた和三郎は、そういうことまで頭に刻み込んでいた。だが、ここでは田舎侍然としていて、そういった解説は省いて、あとは小山内に任せることにした。

「それではまず、久米殿に休んで頂こう。客引きをしている留め女の宿は駄目だ。旅人宿を探そう。あとは大部屋か、空いている所にみな詰めるとしよう」

さっそく小山内は仕切りだした。御用の旅では女郎置屋の旅籠に泊まることは罷《まか》り通らないという態度である。他の家臣や中間は遊女の毒気に当てられて浮き足立っている様子だが、百戦錬磨の女の手にかかったら有り金全部盗まれるということも小山内は知っている様子だった。和三郎は水ノ助から荷を奪い取ると、

「毒を盛られてはかなわんからな。おまえは野宿だ。逃げても構わんぞ」

といってさっさと旅人宿らしい暖簾の奥を覗きだした。

二

「岡殿はこういう処は馴染《なじ》みなのでしょうね。旅慣れておられる」

そう石川久之助が顔を寄せて囁《ささや》いてきた。その目玉に薄れていく夕空が映って、なんだか涙ぐんだように見える。

「こういう処といわれると、どういう処ですか」

「つ、つまり……」

久之助は膳を運んできた女が部屋を出る様子を見せずに、徳利をかかえて待ちかまえている姿を横目で睨《にら》んだ。

「あの下女は何でござるか」

「何って、うらにもよう分かりません。酒の酌をするつもりなのでしょう」

「酒など頼んでいませんぞ」

「それは宿代の中に入っているそうです。最前番頭にうかがいました。でも二合目からは別払いになるそうです。あ、うらは酒は飲みませんから、うらの分もどうぞ」

「別払い？　有藤《ありとう》らは存じておるのかな。思わぬ乱闘に巻き込まれて今日は落ちつかぬ様子なのだ。調子に乗って飲んだら財布はすっからかんになる」

ふざけていっているのではなく、久之助は心から心配している様子で、黒ずんできた空の代わりに、今度は行灯《あんどん》の明かりを瞳に灯《とも》してそれさえも震えている。

有藤というのは若い家臣団のひとりで四人が相部屋になっている。宿の端の部屋に案内されたが、今頃は風呂から上がり、酒を飲みだしたころだろう。

久米甚蔵は斜め向かいの泉屋《いずみや》という宿にひとり部屋をとっている。この清須屋《きよすや》には残った家臣団が泊まることになったが、小山内辰之介と石川久之助はふたり部屋で和三郎は本多家の者ではないということで、隣の四畳半にひとりで寝ることになった。ただ、夕飯はみなで取りながら剣術談義をしようではないか、という小山内の提案に従って、この部屋にいるのである。

水ノ助は他のふたりの中間と一緒に、一晩五十文の木賃宿に泊まることになったようだ。

和三郎は小山内が風呂に入っている間に、最前より久之助に伝えようと思っていることがあった。

「石川さん、私はさっきからあの方たちが酒を所望なら、それはうらの方で払おうと思っておったんです」

その理由をどう説明したらよいのかと考えながら和三郎はいった。

「おぬしが払う？　何故ですか？　岡さんは修行人の身でしょう。どうしてそんな金が……」

まだ掏摸《すり》から掠《かす》め取った金が三両残っている、とはさすがにいえなかった。

「まあ、それは、いいじゃないですか」

「しかし有藤を始め、連中はかなりいけるタチでな。普段は抑えておるが奉行のおごりとなると、五人で一斗樽《いっとだる》を空けてしまう連中なのだ」

「それでも構わんのです」

「それはいかん。あ、もしや、あの狼藉者《ろうぜきもの》たちは、あそこで岡さんを待ち伏せしていたというのですか」

和三郎は久之助の炯眼《けいがん》に感服した。それで素直に頷くことができた。

「実はそうではないかと思うのです。鉄砲で撃たれた武士は、うらの身代わりになったのではないかと疑っておるのです」

あふ、と久之助は顎を大きく振り回し、背後で徳利を手にしてじっとこちらを見守っている下女を目で制した。

「おい、酒はそこに置いて出ていってくれ。女はいらん」

　下女は黙って徳利を畳に置くと、俯いて出ていった。

「ここは旅人宿で、飯盛り女など置いていないはずではないのか」

　下女の後を追うように、うろたえた目を向けながら久之助は呟いた。しかし、和三郎を見返したときにはその唇が震えていた。

「今朝も聞いたが、一体、岡さんは何者なのだ。野山藩土屋家の秘密でも握っているのですか。それで討手《うちて》がかかるのですか」

「それは今朝も申し上げた通り、全然そんなことはござらん。うらにもどうしてこうまでしつこく狙われるのか分かりません。ただ……」

「ただ……」

「家中に内紛めいたものがあるのは確かなようです。そのためかどうか分かりませんが、うらの道場の兄弟子が江戸に行く途中で何者かに殺害されました」

　そ、と口を開いた久之助は言葉を失った。

「そ、そ、そ」

「ご迷惑をおかけしたので正直に打ち明けました。内紛があるなどとは他領の方にいってはならないことなのですが、うらも相当腹が立っていまして」

「う、うん」

真顔で久之助は頷《うなず》いた。

「兄弟子の仇討《あだう》ちの旅のはずが、土屋領を出る前に待ち伏せに遭ったり、あの瀬良水ノ助にすら毒殺されるところだったのです。もういい加減うんざりしておるのです。土屋家などもうなくなってしまえと思うくらいです」

「う。毒殺しようと企《たくら》んでいる小者《こもの》をあなたは供に連れているのですか。何とも太いというか、その鈍感というか……いや、土屋家をなくしてはいかんでしょ。四万石でしたね」

「四万三千石」

昼脇から出てきた唾を手の甲で拭って久之助は喘《あえ》いだ。

「すると五百五十名の家臣、その陪臣八百、さらに家族を合わせると少なくとも一万人が路頭に迷うことになる。おぬしにも家族がおろう」

「家には両親と兄夫婦、甥《おい》がおります」

「いかんぞ。早まってはいかんぞ」

「別に早まってなぞおりません。うらはただありのままを石川殿に打ち明けただけです。石川殿さえ黙っていただけたら、幕府の隠密《おんみつ》に弱みを握られることもありますまい」

何気なくいったつもりだったが、そのとき和三郎の耳元で癇癪玉《かんしやくだま》が破裂したような音が鳴り響いた。その瞬間、勘定奉行の屋敷前で、烏天狗《からすてんぐ》のような異様な風体の賊二人に襲われたときのことが、雷光に映し出されたごとく閃《ひらめ》いたのである。

(もしや、あやつらは幕府が送り込んだ隠密ではなかったのか)

かつて前領主の忠国殿の不行跡が幕府の知るところとなって、隠密が土屋領に入り込んだことがあったと、同じ武田道場の市村貫太から聞いたことがあった。いま、久之助にとっても和三郎の言葉は衝撃が大きかったようだ。開いた口が凍りついた。

見つめ合っているところへ、襖《ふすま》が開けられた。二人は同時に顔をそちらに向けた。

「ここは旅人宿だと聞いたが、女郎置屋も兼ねていたようだ。主《あるじ》が小娘に客を取るよう苛《いじ》めていたのでこらしめてやりました。お、酒がきていますね」

風呂から上がった小山内辰之介が、浴衣の袖を巻き上げて部屋に入ってきた。

和三郎同様、小山内も背が高い男である。二十五歳で七十石の中小姓だという小山内には、すでに家長としての風格が備わってきているようだった。石川久之助は救われたように藩道場の先輩を見上げて涙ぐんだ。

三

膳を前にした小山内が、徳利から酒をぐい呑《の》みに注《つ》いでこくりと飲むと、隣でかしこまっていた久之助もおそるおそる酒を喉に流した。和三郎はもう焼き魚に箸をつけて、飯を口に運んでいる。

「酒をうちの道場連中に奢《おご》るというのはどうですかね。先の道中も長いし、ここで羽目をはずしては後が続かない」

久之助に説明したような事情を和三郎は小山内にも話した。小山内の反応は驚くほど冷静なもので、

「砲台を搭載した外国船が神奈川に来ているというのに、四万三千石の家の執政争いですか」

といって通りから入ってくる夜風に汗ばんだ胸をさらした。それから徳利に手を伸ばしたのである。

「岡殿は何か密書のようなものをご重役から預かったのですか」

「いえ、そんなものは何も預かっていません。剣術修行を許されたことと、闇討ちに遭った兄弟子の仇討ちです。ま、その妹御の助太刀《すけだち》ということで、闇討
「妹が兄の仇《かたき》を討つのですか。聞いたことのない話ですな」

そう話す小山内の唇が酒で濡《ぬ》れている。

「はあ。その方はまだ十六歳でして、四十九日の法要が済み次第、江戸に向かうことになっています」

「ふむ。しかし、それだけで助太刀の岡殿を、敵方が執拗《しつよう》に狙うのは妙ですね」

そう呟いた小山内は涼しげな視線を和三郎に向けている。少し微笑んでいるようにみえる。

「どうも、賊どもはうらが江戸にいる嫡子の、隠れ護衛に指名されたと思っているらしいのです」

これで和三郎は全てを喋《しゃべ》ってしまったことになる。久之助は改めて唖然《あぜん》として和三郎を見返したが、小山内は小さく頷いただけだった。

「でも、実際に嫡子を陰ながら護《まも》るように命じられているのではないですか」

さりげなく小山内はいったが、和三郎は内心ぎょっとした。お年寄りの田村半

左衛門からはそういわれたが、嫡子のいる下屋敷にすら近づくことを禁じられている和三郎が、どういう術《すべ》で七歳の子供を護ったらよいのか皆目分からずにいたからである。

内心、和三郎はその護衛の役目は自分には無理だと匙《さじ》を投げかけていた。目的は剣術修行だと、かねてからの思いを掲げ直していたのである。そもそも小納戸役の兄の冷や飯食いに過ぎない己れが、藩の中枢にいる要人から頼りにされたり、あるいは敵視されること自体が何かの間違いなのである。

「まあ、そういった藩内の守旧派と改革派の対立はどこの国でもあることです。実は本多家内部でも表立ってはいないが起こっている」

さり気なく小山内はとんでもないことを口にした。久之助は真っ青になって先輩を見つめた。

「矢作川沿いの村々では綿作が盛んでしてな、江戸に送られる三州綿《さんしゅうめん》で藩財政の一割五分を賄《まかな》っているほどです。しかし、かつて徹底した倹約令で藩の窮乏を乗りきった家老中根《なかね》家一族が、今では本多家そのものを牛耳るようになっている。するとと当然反対勢力が生まれる。そこへ天保以来続く飢饉《ききん》です。藩の重鎮は一揆《いっき》が起こっても力ずくで百姓を抑えることしかできない。これでは殿に負担がかかるばかりなのです」

そこで小山内は言葉を切って呆然としている和三郎と、泡喰《あわく》った表情でいる後輩の石川久之助を見て、薄笑いを浮かべた。

「だが、結局どちらが藩政を動かすことになろうと、大した違いはないのです。どこの藩でも財政は破綻している。そもそも参勤交代のたびに数千両が失われることになっているのですから、いくら領民に倹約を勧めても藩金庫は空のままです。やがて加茂《かも》郡のように一揆が起こって藩財政は窮乏の一途をたどる。気の毒なのは首を斬られる首謀者の百姓と郡代官の配下です」

もう酒が回ったのか、と思われるほど恐ろしいことを小山内は平然と喋っている。石川久之助は酒どころではなくなったようで、箸を宙に浮かせて死んだように硬直している。小山内は構わず続けた。

「どちらにしろ、もう岡さんが襲われることはないでしょう。相手も仇討ちの助太刀などにいつまでも構ってはいられないでしょう。それにあなたを相手にするには少々骨が折れそうだ」

最後に小山内はハハと笑った。

「うらもそう思っておったところです。五人で待ち伏せするなんて正気の沙汰ではないですよ。しかも鉄砲まで用意していた」

「ああ、そういえば、あの撃たれた武士には気の毒しましたね。どうなったのかな」

「肩を撃たれていましたが、弾は貫通していたから死ぬことはないでしょう」

飯を頬張りながらいう和三郎を、隣に座った久之助はあきれ顔で見返した。

「そうこともなげにいわれるが、あのお方は岡殿の身代わりに撃たれたのではないのですか」

「運の悪いお方ですね。どこの藩の方か知らないが、恐らく目立たない役について、実直に仕事をしていたのでしょう」

僧兵のような出《い》で立ちをしていた賊から待ち伏せに遭ったときのことが和三郎の頭にまた浮かんだ。実際、いったん闇に身を潜めたら、油断のならないことが起こると実感した出来事だった。

「運は悪い方かもしれないが、そのおかげで、どこかに潜んでいた敵の頭領は、岡さんを仕留めたと思い込んで山の奥に身を隠したともいえますすな」

小山内は涼しげに笑った。そうですね、と呟いた和三郎は焼き魚をひっくり返した。その裏面であと一膳飯を食うつもりである。

「待った」

といったのは小山内である。和三郎は顔を上げて小山内の頭上に視線を向けた。影が動いた気がしたのである。だがそれが思い過ごしだと気付いたのは、次に続く小山内の言葉を聞いてからである。

「その魚を食うのは待った。小女が隣の部屋で腹をすかして待っている。私は酒を飲むから飯はいりません。石川、おまえは香の物はいらんだろ」

突然そういわれて久之助は目をしばたたいた。

「はあ、しかし、小山内さん、小女とは誰のことです?」

ようやくぐい呑みに酒を注いだ久之助は、口に運ぶ手を止めて小山内の横顔に視点をあてた。

「さっき申したであろう。この宿の主が小女をいたぶっておったと。まだ幼い娘なのに客を取れと脅していたのだ。だからここは女郎屋かと拙者は追及した。ところがしぶとい親爺《おやじ》でな、ここにいる女は客を取らないと飯が食えないことになっている、だから飯盛り女だとぬかしおった」

「では先程ここで酒をつごうとしていた女も膳を運ぶだけでなく、飯盛り女なのですか。つまり、その客を取るというのは……」

「客に抱かれるということだ。おぬしも最前見たであろう、着物の前をはだけて旅人を呼び込んでいる女たちを」

「はあ、淫《みだ》らな女たちでした」

久之助はかしこまって答えた。まだ、酒はぐい呑みに入ったままである。

「御油宿には二百人を超える遊女がいる。ここはそういう宿場なのだ。女が男を拉致する。おそらく久米甚蔵殿も今頃は女を抱いておることだろう」

「久米殿が。足を負傷して動けなかったのではないのですか」

ははは、と小山内は軽やかに笑った。

「男やもめ歴四十六年。本多領ではおなごを抱くことも叶《かな》わず悶々《もんもん》としておったことだろう。そこを斟酌するのが同輩というものだ」

妻と子供がいるだけあって、若いのに小山内辰之介の語り口は老成している。

しかし、小山内から、待ったをかけられた和三郎は、ひっくり返した焼き魚に箸をつけられずにじりじりしていた。

「あのう、小山内さん、隣の部屋に小女がいるというのはどういうことですか」

和三郎に代わってそう尋ねたのは久之助である。先程から和三郎も何気なく小山内が口にしたことが胸に引っかかっていたのだ。本多家とは無関係の和三郎は隣の小部屋にひとり部屋を取っている。

「宿の親爺を納得させるため、隣の部屋にいたぶられていた小女を待たせておけと申し伝えた。我らは御用の旅なので女は遠ざけなくてはなりませんが、岡殿は気儘《きまま》なご様子。その膳の魚とこの飯を小女に食わせてやって下さらんか」

「えっ？」

と呟いてぐい呑みの酒をあおったのは久之助である。和三郎は膳をはずすと四つん這《ば》いになって隣の部屋と区切っている襖を開けた。その中は暗かったが、三人のいる部屋の行灯の明かりが洩《も》れ入ると、そこに小さな枯れ木のようなものがぼんやりと浮かび上がった。

「岡殿、残った膳の物と私の飯、それに石川の香の物を持っていってやって下さい」

「はあ」

戸惑いながら、和三郎はいわれた通り、膳を持って暗い部屋に入った。部屋にいた小女は膳を前にして小さく頷いたようだったが、声は発しなかった。和三郎は半行灯にして部屋を出た。襖を閉めるとき、もう一度小女を見ると、細くて小さな体が膳を前にして拝むように頭を下げた。鼻筋の通った肌の白い娘だった。

十四歳の妹佳代と同じ歳くらいだろうと思った。

「これで今夜は空き腹をかかえて眠らなくてすむだろう。岡殿にはとんだ迷惑だったかもしれません」

小山内は頭を下げた。いえ、と和三郎は口の中で呟いた。

「親爺には今晩の宿代は三百文にまけさせました。通常なら飯盛り女の揚げ代だけで三百文はもらうとふてくされておりましたがね。岡殿、頼みましたぞ。今日の助太刀料だと思って下さい。こちらにも負傷者が出た」

「いえ、三百文だけなんてとんでもない、それだからうらはみなさんに今夜はたらふく酒を飲んでもらおうと思っておったのです」

「それは我々二人だけでよろしい。他の四人はうわばみだ」

嬉《うれ》しそうな笑い声をたてた。それからちょっと首を傾《かし》げて酒を一口飲むと顔を曇らせた。

「あの娘は年貢を払えなくなった親から十二歳のとき、五年で二両一分の年季で売られたらしい。身売り証文もあるそうだ。ところが、最初の店では扱いにくい小女だということで、二年後にはこの宿に鞍替《くらが》えさせられた。最初の店では下働きだったようだが、ここでは飯盛りとして客をとらせるつもりだったのだろう。

いくらで買ったのか親爺は口を濁しておったが、おそらく二両程度だろう。可哀《かわい》想《そう》なものだ」

隣にいる小娘をはばかってか、小山内は声を潜めてそういった。ごくりと久之助の喉を酒が通る音がした。和三郎にはそう聞こえた。その、ごくり、で和三郎も救われた思いがしたのである。

「するとあと三年は年季奉公するということですか」

「三年とは限らん。場合によっては鞍替えすると、元は二両一分で売られても、次は五年で二両ということもあるそうだ。御油宿は幕府領だが、そういう理不尽なことが平然と罷《まか》り通る。役人が容赦なく小銭に汚いのだ」

「二両。で、では二両あれば娘をここから出してやることができるのですか」

「久之助、おぬしが身請けしてやる気か」

いや、そういうわけではございませんが、と久之助はあわてて酒を飲み干した。

「二両ではすまんだろう。利子があるからな。それにたとえ金を払って自由な身にしてやっても、今度は女が行くところに困る。結局また逆戻りだろう。身請けするからには、ずっと面倒を見てやるつもりでなくては、女も途方にくれる」

呟くようにそういうと、小山内辰之介は今度は静かに酒を飲みだした。

四

おかしいではないか、と和三郎は薄い敷物に仰向《あおむ》けになると改めて考えた。

おかしいことは今に始まったことではない。そもそも勘定奉行が使いに立って、一介の冷や飯食いの若造に、武者修行を命じるためにわざわざ武田道場まで出向いてきたことからして尋常なことではなかった。

兄は冷静だからその背後に渦巻くきなくさい陰謀やら、その他もろもろの策略があるのではないかとすぐに気付いたようだが、単細胞のうえ、剣術修行に江戸に行けると舞い上がった和三郎に、振り返る余裕などなかった。

おかしい、と感じながらも、命がけでここまで来てしまったのである。

勘定奉行はお年寄りの田村半左衛門の意向に沿ったのか、或いは先走ったのか、武田甚介師範の前で、和三郎に武者修行を命じると共に、脱藩しろといった。脱藩したことによって敵側からの目をそらすつもりだったのだろうが、部屋住みの若造が脱藩をしたところで、今の世の中の潮流では問題にする者などいない。せいぜい、武田道場の者があきれるか、兄が同僚に笑い者にされるだけである。

脱藩などというが、そもそも藩という意識が土屋家の家臣に生まれたのも天保以降だという。和三郎も野山藩という藩名などまるで頭に浮かばなかった。ずっと土屋家小納戸役七十石の三男で、現在の立場は、甥の祐介からみると十九歳のやっかい叔父《おじ》である。

だから脱藩せよといわれても最初に頭に浮かんだ言葉が、

「藩たあ、何のことだ」

ということだったのである。すぐに土屋領から出奔することだと思い直したが、それなら逐電とか欠落《かけおち》という。百姓なら逃散《ちょうさん》で、侍にしても逃げることには変わりがない。

（あの森源太夫という勘定奉行のおっさんは、お年寄りの配下の者かもしれないが、とにかく町道場の師範代並にすぎない若造に向かっていうことがいちいち大《おお》袈裟《げさ》なのだ）

お年寄りの田村半左衛門に注文をつけると、意外にも簡単に和三郎を脱藩扱いではなく、仇討ちの助太刀として仕切り直してくれたが、それでも野山藩江戸屋敷に和三郎が立ち入ることができないのは納得がいかない。

（つまり、おれはあくまでも、若様を隠れて護衛する役なのだ。つまり、闇の中で葬りさられる運命にあるのだ）

それならそれでよい、という覚悟がこの旅の間に生まれつつある。

（うらが闇なら相手も闇だ。どこで打ち倒しても文句はなかろう。それには江戸に行くまでどんな流派があるか試せるだけ試してやる）

藩主土屋忠直様の嫡子、直俊公は下屋敷におられるようだが、お年寄りのことだ、腕の立つ者に周囲を固めさせているはずだ。

（うらひとりが急いで江戸に入らなくてもよかろう）

とそのあたりは安閑と構えている。

それに和三郎を破れかぶれになる気持から救ってくれているのが、お年寄りから恐喝同然で得た百両の金だ。その内の半分で家計のやりくりで苦しむ嫂《あによめ》を、一時とはいえ安心させることができた上に、母に十両の小遣いを残してくることができた。

（百両はうらへの弔いの前金だ）

そう思うことで気持に余裕ができたのは自分にとっても、

（尊いことだった）

と思ってほくそ笑んでいる。母が和三郎に与えてくれた白鞘《しらさや》の小刀はいつもお護りとして脇に差している。寝ている今も頭の上にある。

五

「ひっ」

隣で寝ている小女が小さく声を洩《も》らした。悲鳴のようにも聞こえた。小さな蚊《か》帳《や》の中から体を外に出さないように、細い体を丸めて寝ていたが、怖い夢を見たらしく足を硬直させた。


小山内が親爺から聞いたのは、小女は十二歳のとき、年貢代が払えなくなった親から売られたという。それ以上和三郎は尋ねる気はなかった。酒を飲んでいる小山内と久之助を置いて部屋に入ったとき、白木綿に藍染めの浴衣を着た小女は、まだ膳には手をつけずに蚊帳の外に座っていた。

「どうして食わんのや」

和三郎がそう尋ねると、小女は何もいわずに身を縮めた。そのいじらしさに和三郎はほだされた。蚊帳の中に膳を運び、小女を送り込むと、

「ひとりでゆっくり食べろや。うらは夕涼みに出掛けてくる」

そういって宿を出たが、そこは遊女の多い御油である。またたく間に藪蚊《やぶか》のよ

うにけばい女どもから突《つっ》かれた。ほうほうの体で宿に戻ってくると、向かいの旅籠から武士が転がり出てきた。よく見ると、本多家の家臣の久米甚蔵だった。久米は遊女から蹴飛ばされ、ふたりの町人に殴られ足蹴にされている。

女が刀を久米に投げつけたが、久米はそれを拾うこともできずに、地べたに俯《うつぶ》せになって喘いでいる。そうされる理由は分からなかったが、あえて和三郎は止めに入って町人をたしなめる気もおこらなかった。途中の街道で待ち伏せに遭《で》った際、目に映った本多家家臣の中で、久米の動きが一番悪かった。まるで木偶《く》の坊のようだと思った。

そんな久米に疑問を感じるものがあって、和三郎は久米を打ち捨てて部屋に戻った。夜風は汗を引っ込めたが、蒸し暑い部屋に戻るとすぐに胸が汗ばんだ。

隣の部屋のふたりは早立ちに備えて眠ったらしく、微《かす》かに鼾《いびき》が聞こえてくる。小女は空になった膳と共に蚊帳の外に出て、体を縮めて座っていた。

「入りいや」

と和三郎はいって蚊帳の裾を開けた。小女は蚊帳の裾を払うと、するりと入った。和三郎は続いて入り、刀を置くと、浴衣の上から小女の背中を触った。細い背中だった。

背骨が掌《てのひら》に当たった。小女は観念したようにされるが儘《まま》になっていた。

「名前はなんという」

「みつ、です」

「みっつ？　まだ三歳か」

小女は暗い蚊帳の中で俯けていた下顎を少し上げた。細い鼻梁《びりよう》と白い横顔が半行灯のささやかな灯りに浮かんで、霧の中の子鹿のような可憐《かれん》さを映し出した。

小女の唇が動くと溜息《ためいき》に似た笑い声が洩れた。

「十四です」

「今日は色々あってな。人を随分斬った。疲れたので寝る。うぬも寝ろ」

小女は目を見張った。思い掛けない大きなその瞳に暗い灯りが浮かんだ。

和三郎は袴を脱ぎ、上衣《うわぎ》を畳んで半襦袢《はんじゆばん》になると敷物に体を投げ出した。疲れていたのですぐに眠ってしまうだろうと思ったが、人を斬ったときの手応えが腕に残っていて簡単には眠れなかった。

（この旅はおかしい。うらは死に神に取り憑《つ》かれておるに違いない）

つい半月前まで想像だにしなかった異様な出来事が和三郎に降りかかってくる。

そんな不運なやつはこの広い国の自分ひとりのような気がした。

酒を飲むやつを羨ましいと思うのはそんなときである。

和三郎は本格的に剣術で身を立てようと思った十二歳のときに、大人になっても酒を飲むのはやめようと決意した。父が惚《ぼ》けてしまったのも理由の一つだが、雨の夜、剣術遣いが傘をさして、みやげを片手に持って歩いたら、どんな災難が降りかかってくるか知れたものではないとも思ったからである。

だから、酒が強いのか弱いのか、和三郎は本当のところを知らないまま墓場に葬られるはずである。

（だが、勘定奉行の森殿は、なぜ、うらに東海道を目指さずに、笹又峠を通って岐阜に行く道を指示したのだろう。笹又峠は原口さんが闇討ちに遭ったかもしれんところや。事実、江戸に行っていると思ってばかりいた岩本さんの死体が発見されとる。もしや、今度も反忠直派のやつらに待ち伏せをされていたら、どうなっていたのだろう）

そう考えているとき、みつが小さく寝声をあげたのである。

蚊帳の細かい升目を縫って月明かりがみつの額の汗を照らし出した。苦悶《くもん》の表情が深くなり、再び声をあげた。喉を掻《か》き毟《むし》ると、その喉の細いところを暗く煙った天井に向けた。右手が視線を追いかけるように伸びた。少女が底のない夜空に吸い込まれるのを目の当たりにしているようだった。

「おい」

と和三郎は体を小女に向けていった。すると、小女の口から、

「ごめんなさい……」

と悲痛な悲鳴がでた。さっきよりつらい夢を見ているようだった。夢の中でも、もう抵抗する気力は失われている。

「みつ、どうかしたか」

空に伸びた腕を押さえると、不意にみつの力が緩み、額に刻まれていた皺《しわ》が消えた。薄く開いた目に暗く夜霧のような渦が巻いた。

「うなされていたようだな」

そう囁くと、みつは顎を自分の胸元に寄せて体を丸めた。和三郎はその体に片手を回して抱いた。体はまるで竹のように細くしなった。その背中が汗ばんでいる。外からの蒸した風にのって、微かに汗の匂いが和三郎の鼻孔をさした。

「起きられるか」

耳元で囁いた。額に張り付いた細い髪の間から、みつの片方の目が隣にいる男

をみつめていた。その男が自分を再び懲らしめるのではないかと、恐怖にかられている目だった。

「さっきのことを覚えているか。おれは客だ。おまえを捕らえにきた者ではない」

そういって和三郎はそっと額に被った髪を払った。みつの怯《おび》えた目つきは変わらなかった。

（十四歳か……余程ひどい目に遭ったのだろうな）

十二歳で売られるまで、小作人ではろくな飯を食っていなかっただろうと思った。白米などここに来るまで口にしたことさえなかったかもしれない。

宿の飯は玄米と麦が七分に古米が混ざったもので、およそ飯らしい味はしなかったが、腹が減っていた和三郎は虎狼《ころう》のようにがつがつと食った。外から戻ったとき、みつの茶碗《ちゃわん》は動物が舐《な》めたようにきれいに空になっていた。

（この子に較《くら》べればうらの人生なんてのどかなものだった）

和三郎はもう一度みつの顔を覗き込んだ。みつは顔を自分の浴衣の胸元に伏せて黙り込んでいる。

「風呂で水を浴びてきてくれんか」

少し強い口調になった。みつは上目遣いに男を見返した。

「汗くさいのや」

それで男の不満が分かったようである。小女の表情から怯えが消え、変わって羞《は》じらいに似た戸惑った笑みが口元に漂った。みつはそっと上体を起こすと、ためらいがちに蚊帳の外に抜け出した。

戸を開けて廊下に出たがみつの足音は聞こえずにいた。和三郎は刀を取り、財布を枕の下から引き出すと、蚊帳から出て手拭い掛けに掛けておいた手拭いを手にした。着物を着たのは自分も水浴びをしようと思ったからである。すると廊下に黒い影が立っていた。

「どうかしたか」

「あ」

背後に立った和三郎の姿がみつの目には映っていなかったようである。片腕を空に伸ばして和三郎の体をまさぐった。

「うぬは目が見えんのか」

「あの、暗くて……」

宿の廊下には瓦灯《かとう》の灯りすらない。油を節約してのことだろうが、それにしても節約の度が過ぎると思った。これでは盗人を歓迎しているようなものだ。

「ついてこい」

和三郎は暗い廊下の隅にある風呂場に向かった。小女の指が着物の袖をつかんでいる。風呂場にも灯りはなかったが、和三郎にはどこからか入ってくる月明かりが充分な明るさになった。幼いときより、闇の中でも物の形が見えるように鍛錬していたのである。百姓の子だったみつも闇の中で育てられたはずである。

（おかしな娘だ）

そう思いながら風呂場に入った。狭い脱衣場が洞穴のように口を開けていた。だが戸を開けるとそこには格子戸から月の光が射しこんでいて、思い掛けなく青白い光に溢《あふ》れている。

和三郎は刀を刀掛けに掛けて、着物を脱ぎ、半襦袢を取り、下帯を解いて裸になると、夕方まで熱くしてあった風呂の湯を桶《おけ》で掬《すく》った。風呂の横には水のはった盥《たらい》が置かれていて、樋《とい》を通して外から水が流れ込んでいる。和三郎はその水を体に浴びせた。体に浮いていた汗が一気に引いた。

後ろを向くと藍色の浴衣がぼうっと煙った中に浮いている。少女の白い顔が心細げに風呂場の床に向けられている。少女は浴衣を着たまま風呂に入ろうかどうしようか、迷っているようだった。浴衣が濡れてしまえば、湯文字《ゆもじ》一枚で廊下を戻ることになる。

「かまわぬ。裸で入れや」

妹の佳代がまだ家にいた十一歳の頃まで、風呂に入れてやるのは和三郎の役目だった。すぐ上の兄の与次郎は和三郎の今の歳と同じ十九歳で、柴崎家に婿入りすることになったし、九歳年上の長兄壮之助は学問優秀ということで小姓見習い役についていた。

幸い佳代は母に似た顔立ちで、その美しい瓜実顔《うりざね》はすでに大人の憂いを宿していた。無骨な自分に似ないでよかったな、といつも佳代の肌を拭いながら和三郎は語りかけていた。

「かよは、わさぶろうにいさまが一番好きです」

佳代はそういって体ばかりが大きい五歳上の和三郎を戸惑わせた。それはふたりの兄より歳がずっと近いせいだろうと和三郎は思っていた。

暗い脱衣場でみつはつつましく浴衣を脱いだ。それから腰から下を覆っていた赤い湯文字を解いて素裸になった。

「すみません」

そう小さく呟いてみつは風呂場の床に細い足を踏み入れた。和三郎がちょっと驚いたのは、みつの話し方が貧しい農家の出のようには聞こえなかったことである。

「これを使え」

小さな手で恥部を隠すように入ってきたみつに、和三郎は自分が使っていた手拭いを手渡した。それで濡れた体を拭く物がなくなった。和三郎は床に佇んで、雫《しずく》が垂れるのに任せた。

みつは背中に湯を掛けると、和三郎がしたように水を桶に掬った。その桶に手拭いをひたして体をこすった。立ち上がるとそれまで細いばかりだったみつの体に月光があたって海ほたるのような銀色の輝きに覆われた。その幻想的な姿が、浴室の屋根を突き破って夜空に舞い上がった。

そう和三郎には見えた。雫が床に落ちるのを待ってぶっ立っている和三郎の胸の鼓動が高鳴った。細い筋が張っているとばかり思っていたみつの体に、柔らかい肉体の弾力が感じられた。十一だった妹の子供の体と十四歳の女になりかかっている少女の体とは明らかな違いがあった。

(この娘は、ここで飯盛りとして働いておるのだ)

売られたのは体を客に提供するためである。とっくに生娘ではなくなっている。それなのに、和三郎には今まで、この娘が中村家に下女として働きに出された妹のような気がしていたのである。

娘がふと背後に目を向けた。はっとした瞳に、羽目板から洩れこんできた青白い月の光の粒が映った。乳房がお椀《わん》を伏せたように控え目に脹《ふく》らんでいる。乳房の影が娘の瑞々《みずみず》しい肌を際立たせている。

あ、と娘は呟いたようだが声は響かなかった。その視線が裸で佇んでいる男の下腹部に向けられている。和三郎は下を向いた。自分の男が屹立《きつりつ》している。娘の目が驚きからはにかみに変わったのは、男がその屹立したものを隠そうともせず、まっすぐに進んできたからである。

「あ」

肩を抱くと娘が声を洩らした。背中を抱きしめ、そのまま風呂の格子窓が斜めに入ってくる月光を見ていた。かすかに女の肩が硬直した。和三郎は手を娘の尻に伸ばした。少年のようにしまった尻の肉を撫《な》でた。すると柔らかい弾力が掌を押し返してきた。

今度は、手を娘の前に回した。指先が水に濡れた恥毛に触れた。娘の体全体に筋が走った。

恥毛が隠している娘の割れた部分に指を挟むと、娘の体から力が抜けた。その脱力感が娘から抵抗力を奪い取ったせいだと気付いたのは、和三郎の胸に顔を埋《うず》めた娘の目に浮いた涙を見たときだった。

水の雫ではなかった。水滴は睫《まつげ》毛の下から浮き出ていた。

「おい、泣いているんか」

「泣いていません」

「泣いているやないか」

「泣いていません」

「おまえは売られてきたんじゃろ」

「はい」

娘の顔を起こして聞いた。娘は上唇をしっかり閉ざして答えた。はい、という返事は農家の娘が使う返事ではないと和三郎は思った。

「客を取らされ、ちゃんぺしたんじゃろ」

娘は押し黙った。ちゃんぺという方言が通じたかどうかは分からなかったが、男と交合するということは理解したらしい。

「もうええ。体を洗って浴衣を着ろ」

和三郎は娘を腕の中から離すと、水が流れ込む盥に桶を入れた。夏の夜の井戸水は冷えていた。それを下腹部に何度か掛けている内に、いきり立っていた逸物《いちもつ》はいつしか平穏になった。もうよかろう、と思ったとき、脱衣場から悲鳴がした。

「おう、ええ子見つけたぞ。儂《わし》の部屋に連れて行ってやるべえ」

「おお、こんな若いおなごがおったのかや」

「触らんといて」

男どもの卑猥《ひわい》な声が風呂場に聞こえてくると、娘が再び悲鳴をあげた。桶を持ったまま立ち上がると、和三郎は風呂の戸を開けた。すると湯文字姿の上半身裸の娘が躍り込んできた。

その背後からふたりの男が上体を伸ばして突っ込んできた。

ポガッ。

桶から音が鳴った。無言で男がひとり崩れ落ちた。声がしなかったのは、男が殴られた瞬間気絶したからである。残ったひとりは壁板に手を置いて腰を落とした。

和三郎は裸の体を男の前にさらすと、男が手にしていた手拭いを奪い取った。

それで濡れた体をゆっくりと拭いた。刀掛けから太刀をとったのは下帯をつけた後である。

「こ、殺さねーでくれ」

四十がらみの目玉を一杯に見開いた男は歯を震わせて懇願した。下帯が濡れているのは失禁したからだろう。

「この娘に詫《わ》び料を払え」

「ぜ、銭なんかねーだ」

「財布を部屋に置いて風呂場にくる者などおらん」

和三郎は鞘から太刀を抜いた。男は首から提げていた巾着を取って放り投げた。それから逃げようと必死で戸を掻きむしった。その男の肩を剣先で叩《たた》いた。

「おい、そこでノビているやつの分も置いておけ」

何か反論しようとした男の喉元に、和三郎は切っ先をくっつけた。男は再び腰をずるりと床に落とすと、這って相棒のところまで行き、その懐から小財布を抜き出した。

「小財布だけということはあるめえ。大きな財布もあるだろう」

「ゆ、許してけれ。おらは何もしてねえずら」

「では相棒を担いで出ていけ」

男はへっぴり腰で、風呂場の床に頭を置いている相棒を引きずり出した。ばたばたとふたりの男が出ていくと、和三郎は風呂場に戻り盥に真剣を浸した。それから風呂場にあった藁《わら》で、まだ昼間の乱闘で残った血脂が浮いている刀身を洗った。吉田宿に着いたらさっそく磨こうと思っていたのである。

脱衣場に戻ると、浴衣を身につけた娘がぼんやりと佇んでいた。

「ここに来て何年になる」

「まだふた月です。いえ、ひと月半」

「その前には別の宿にいたのだろう」

「はい」

「あのくらいで悲鳴をあげるとは、まるで素人だな」

そういうと、黙って手をいじくっている娘の手に、小財布と巾着を握らせた。

「え」

目を向けた娘の表情が、暗い脱衣場に紛れ込んできた夜風に当てられて、夏の季節にふさわしい樹木の緑に変わった。

「ひょっとすると借金の証文を取り戻せるかもしれんぞ」

「こんなこと知れたら、お武家様も旦那様に殺されます。お役人とも懇意にしているのです」

和三郎はにやりとした。

「安心しろ。恐喝はうらの裏稼業でな。木っ端《こっぱ》役人が脅かしてきたら、修行の相手をしろと注文をつけてぶった斬ってやる」

うらは相当悪くなった、と思いながら和三郎はいった。娘はまだ濡れている体に着物をつけている客を、しなやかな指先を使って無心に手伝った。

六

娘は和三郎の胸の下で苦しげに喘いだ。

和三郎の頭の中で小さな爆発が起こると、娘は顎をあげて悲鳴をあげた。小刻みに震える娘の背中がいとおしかった。娘の裸体から体を起こすとき、頭の中が渦を巻いたように歪《ゆが》んだ。

和三郎は自分が男になったことを知って、感無量になっていた。そうか、こんなうらにあの娘は許してくれたのか、と思いながら、蚊帳の下から天井を見た。心地よい疲れが足元から這い上がってきた。

大変な一日だった、と思っていた。

だがその思いは成し遂げたことの充足感に満ちていた。

気付くと自分の胸に娘の頬が触れていた。鼻筋の通ったその端整な横顔に青白い光を含んだ涙が流れていた。美しい娘だった。

「また泣いておるんか」

「……はい。すみません」

「つらい思いをさせたようだな」

「そうじゃないんです」

みつは和三郎の胸に頬をぴったりと貼り付けてはっきりと呟いた。

「そうじゃないんです。違うんです。とても、とても……」

もう、何もいうなと和三郎は思った。考えていたのは、朝になったら宿の主と掛け合って娘の借用証文を取り返すことだった。自由の身になった娘が、その後どうするか娘の裁量に任せようと思っていた。ただ、最初は住み込みの小女だったとしても、改めて飯盛りとして旅籠に売られた娘の選べる道は、それほどあるまいと思っていた。たとえ和三郎が娘に代わって証文を破り捨てたとしても、小山内辰之介がいうように、娘を身請けする器量など持ち合わせていなかったからである。

　黙っている和三郎の耳元に娘のささやき声が聞こえてきた。それは小鳥のさえずりとも小川のせせらぎとも違う、心地よい音曲《おんぎょく》だった。

「あたし、きれいな身体《からだ》だったんです。信じてもらえないかもしれませんが、ずっときれいなままだったんです……だから、今夜は幸せだったなって……さっきは怖かったから泣いたかもしれないけど、もし、いま泣いたのなら、それは幸せだったから……もう、大丈夫です。泣いたりしないで生きていけます」

七

　吉田藩の城下で、先を急ぐ本多家の家臣と和三郎は別れた。ひとり残って名にしおう松平信古《のぶひさ》の藩道場、時習館に立ち合いを求めるためである。

「石川久之助殿には大変に迷惑をかけました。それに色々助けて頂いたことは生涯忘れません」

　和三郎は久之助の手を両手で取って頭を下げた。この人と出会わなければ、本多家の一行に交じって旅を続けることはできなかったし、街道で待ち伏せしていた、五人の賊に打ち倒されていたかもしれないからである。そう思うと久之助との出会いは幸運だった。

「こちらこそ、本物の侍に出会えて目が洗われる思いでした。まさか、私が真剣を抜くようなことがあるとは、それこそ思ってもいなかったことです」

そういう久之助の顔はだらしなくふにゃふにゃになっていた。目には涙が滲《にじ》んでいる。

「私も和三郎殿と連れだって江戸まで旅を続けたい。それが本心です」

そういった久之助の横から小山内辰之介が顔を覗かせた。

「江戸に入られたら是非、我が藩邸を訪ねて頂きたい。我らはまず、浅草茅町《あさくさかやちよう》にある中屋敷に入ることになるが、それからはそれぞれ指定された長屋に行くことになるでしょう」

その折りはまた一献傾けたい、と前夜騒いでいた者のひとりがいった。小山内は苦笑した。

「下屋敷は本郷森川町《ほんごうもりかわちよう》にある。とにかく我らは岡殿を待っておる。おぬしには、他藩の者にはいえない密命があるようだが、道中くれぐれも気を許すことなきようにな」

「はい。そう心得ました」

「おぬしはすごい。たいした剣客になるぞ」

「いやあ」

和三郎は首筋をかいた。

「それはそうと、聞きそびれたことがひとつある」

小山内は和三郎の耳元で囁いた。

「おぬしは今朝、宿の主人と何やら証文のことで談判をしていたようだが、昨夜の娘の借金を立て替えたのはおぬしか」

「さようです」

「やるものだな。昨夜、風呂場で金を脅し取られたと喚《わめ》いていた旅の者がおったと聞いたが、恐喝したのはおぬしか」

「はい。金はいたずらをされた娘に与えました」

小山内は唖然とした。続いて何かいいかけたが、ふと微苦笑が口元に浮かんだ。

和三郎を見つめた目に親近感が浮いていた。

「我らの本多家にはおぬしのような型破りな者はおらんな。みな、城壁の穴に埋められた小石のように固まっておる。いや、それがしもそうなりかけていた。部屋住みだという岡さんの自由闊達《かったつ》なふるまいこそ、今日の武士には必要とされるものかもしれん」

「…………」

和三郎はただ黙って小山内辰之介を見返していた。和三郎自身は自分を型破りだとも、自由闊達だとも思っていなかったからである。今はただ、藩のお年寄りからの密命をすっとぼけて、江戸で剣術修行をしたいだけだという思いに溢れている。

「あの娘とは宿を出る前に何か約束をされたのか」

「約束ですか。いえ、そのまま破り捨てた約定証文を与えて出てきました」

「娘は何かいいましたか？」

「これからどうすればいいのか、命令して下さいといっていました」

「命令されたのか」

「ひとまず親元に戻れといって三両ばかしですが金子《きんす》を与えました。ナニ、これもぶんどった金の残りです」

「三両。それを持って実家に戻っても、親父《おやじ》どのにすぐに奪われてしまうかもしれんな。それに親はもう娘を捨てた気でいるだろう」

「そのときは家を出て、商家で働くか嫁になればいいのではないのですか」

小山内は傍らにいる中間姿の石川久之助をみて首を傾げた。

「こういう御仁だ。久之助、勉強になったか」

「私にはとてもかないません。今まで学んできた漢学とあまりに隔たりがあります」

「そういうことだ」

小山内がしたり顔で頷いた。

そうではないと思った和三郎は、懐から使い古した「論語」の講義本を取りだした。目の前のふたりだけでなく、背後にいる本多家の者が何事かと見守っている。

「えーと、ここです。『子曰《いわ》く、剛《ごう》、毅《き》、木《ぼく》、訥《とつ》なるは仁に近し』。私は田舎者の上、くだらんことを口にし過ぎます。仁とはほど遠い未熟者です」

そう語る和三郎を小山内は不意打ちを喰らったような表情で見つめていた。それから気分を変えるように、呟いた。

「四年前のことだが、私は殿の上洛《じょうらく》に従って江戸に上がった。藩邸で半年を過ごしたのだが、その間に高名な直心影流島田虎之助《しまだとらのすけ》道場に通っていた。先生はお体をこわされていたが、弟子には厳しく稽古をつけられた。私などはとても竹刀を構えさせてもらえなかったが、その悽愴《せいそう》の気に満ちた剣技には目を瞠《みは》らされた。残念ながら三十九歳の若さで昨年亡くなられたと聞く。一刀流の岡さんとは流派は違っても、おぬしには是非、島田虎之助師範の師である男谷精一郎《おたにせいいちろう》殿の道場に通ってもらいたい」

小山内のひと言は和三郎の胸に閃光《せんこう》となって貫いた。幕閣の徒士組頭《かちぐみがしら》でもあった男谷精一郎は剣を志す者の間では剣聖であり、田舎から出てきた一介の部屋住みの若造が、たのもうといって気安く訪ねられる道場ではなかった。

それは、と口ごもった和三郎に、それではこれで、といって小山内辰之介と石川久之助は笠を被った。

「あ、小山内殿、そこにいる瀬良水ノ助を荷物担ぎに使って下さい。うらには無用の者ですから」

小山内は街道の隅で、他の中間と共にぐったりとして佇んでいる水ノ助を探すと、白い歯を覗かせた。

「あの者は結構です。それに荷物はあらかた江戸藩邸に送っておりますので、我らの手の者だけで充分です」

そういうと小山内は背を向けて一行の先頭に立って歩き出した。昨夜、遊女から散々に足蹴を喰らっていた久米甚蔵は、紫色に染めた目の周囲を笠で隠し、片足を引きずって最後尾をついていく。

残されたのは水ノ助である。打ちひしがれた様子で上目遣いに和三郎を見つめている。昨夜はどこで眠ったのか分からないが、ひどく衰弱しているのが見て取れた。

「おまえはどこへなりと行け。いいか、うらの後にはついてくるなよ。おまえの合図でまた待ち伏せに遭ってはかなわんからな。次に姿を見つけたら、問答無用で斬り殺すぞ」

和三郎は本気で水ノ助を威嚇した。土屋領の山中から、こんなところまで追尾してくる根性は恐れ入ったが、それが藩を乗っ取ろうとしている者の差し金だとすると、暢気《のんき》に防具袋など担がせてはおられない。銀五十匁《もんめ》で人殺しの手引きをするようなやつに、心を許すことはできない。

吉田城下に入ると、まず修行人宿を探した。二地蔵町《にじぞうまち》で草鞋《わらじ》を脱ぐと、さっそく宿の主人に時習館での立ち合いを申し込むように依頼した。主人が出ている間、刀の研ぎ屋に太刀を預けて至急の研ぎを頼んだ。

昼過ぎに時習館に向かった主人が戻ってきたのは一時(約二時間)後で、現在は時習館では他流の立ち合いは受けていないという。それでも宿代の半額、百五十文は吉田藩で受け持つという伝言だった。

そうか、と引き下がったのでは吉田で宿を取った意味がない。和三郎は再び主を城下に出し、剣術指南の者がやる道場を訪ねるように申し伝えた。闇討ち同然の剣術に応えるのではなく、折り目正しい剣筋を備えた剣法とまみえたい気持がはやっていたのである。

「明日の明け六ツ(午前四時頃)からの稽古なら加わってもよしという返事を、中沢弥兵衛《なかざわやへえ》師範から賜りました」

そう返事をもらってきたのはさらに一時ほどたった頃である。宿は混み出していた。その夜は江戸から下ってきたという、御用の旅らしい武家と相部屋になった。供の中間は別の大部屋に泊まるらしい。

御用の筋の趣は話さなかったが、その武士は神奈川沖に停泊している外国船がどうやら亜米利加《メリケン》からきたもので、通商を望むというよりその驚異的な艦隊から、英吉利《エゲレス》が香港《ホンコン》を分捕ったように、江戸を包囲する気ではないのかといった。

「もっとも、最初は恐れていた神奈川の者どもも、江戸から黒船見物にくる町人が出るにおよんで、儂が通りかかったときは、湾内に小舟を出して、艦隊見物に出る者もおる始末じゃった。役人は押し留めていたが、江戸者は聞く耳を持たない。それに船主にとっては稼ぎどきじゃからな」

カッカと笑って酒を飲んですぐに鼾をかきだした。和三郎がすぐに眠りにつけなかったのは、みつのことを頭に思い浮かべていたからである。小山内辰之介にはああいったが、実のところみつがそのまま実家に戻るとは思えなかったし、全ては突然のことだったので、娘に将来のことを考える余裕があるとも思えなかった。

もう、自分勝手に生きていいのだ、借金で縛られることがないのだ、といってもみつは遠くを見る目でぼんやりしていた。

そう呟いたあとで、和三郎は真新しい草鞋をつけながらみつの様子を窺《うかが》っていたのだが、ぼんやりしていたみつは、背後から本多家の者が部屋から出てくる気配を感じるとすばやく土間に降りて、脛巾《はばき》をつける和三郎を手伝った。みつの頬に漂った若い娘特有の香りが、和三郎の首筋を熱くした。

そのときみつの口から洩れたひと言が、和三郎を眠れなくさせている。

「いつまでも待っています」

やはりこの娘は武家の出ではないのかと、和三郎は思いながらみつの呟きを聞いた。

第五章　幻の剣聖

一

　その老剣士の姿を見たのは、二川宿《ふたがわ》に入る手前にある岩屋《いわや》観音の岩山山頂である。岩窟の石仏群を抜け、苦心惨憺《さんたん》して崖を上り、木の根元をかろうじて摑《つか》んだ和三郎は思わず、もう駄目だ、転げ落ちる、と諦めかけた。

　その和三郎の目に、朝靄《あさもや》が流れ、ようやく乳色のうすぼんやりとした明かりが広がりだした中に、屹然《きつぜん》と佇《たたず》む一筋の影が目に入った。

　影は揺らいでいるようでいて、太い幹のようにがっしりと大地を踏みしめ、祠《ほこら》に佇む青銅の観音像と対峙《たいじ》していた。

　武士の後ろ姿は柔らかく、背骨から髪を束ねた頭にかけて絹のようにゆらめくものが立ちのぼるのが目に入った。なんだと思ったその瞬間、武士の体から雷光の如《ごと》く天地を切り裂く気迫が放たれた。

和三郎は、不意に全身に力がみなぎるのを感じた。伸びきっていた筋肉が息を吹き返した。だがその体の変化を自分で理解したわけではなかった。

気付くと、無意識のうちに崖を這《は》い上がり、観音像の足元に平伏《ひれふ》していたのだ。老剣士は微動だにせずに観音像と向き合っていた。それがどれほどの時だったのかも和三郎には分からなかった。全ての朝靄が晴れると老剣士の姿はそこにはなかった。かろうじて岩山に立ち上がった和三郎の目に入ったのは、眼下に広がる三河の肥沃な大地と昇り始めた太陽が放つ憂いをたたえた光芒《こうぼう》だった。黄色い太陽は魂を抜かれて茫然《ぼうぜん》自失している若い剣客を哀れみ、慰めているようだった。

——畏れることはない。おまえもいつかあの剣聖の精神を斟酌《しんしやく》することもあるだろう。

朝の風に紛れて吹いてくる観音様の囁《ささや》きが耳に入った。和三郎は恐れ入って岩山を降りた。麓の百姓家に預けた防具袋と背負い袋を受け取ると、追ってくる者もないというのに、あたふたと二川宿をあとにした。

白須賀《しらすが》宿で買い求めた柏餅《かしわもち》をほおばりながら、松並木の続く街道を東に急いだ。なぜ急いでいるのか自分でも分からなかった。ただ、胸が急《せ》いていたのである。松並木の向こうに広がるどでかい海を観賞している余裕もなかった。

吉田城下から二川宿までわずか二里（約八キロメートル）である。そこに宿を取ることになったのは、吉田の中沢弥兵衛道場の者たちと懇意になり、一日中連れ立ち、しまいに彼らは和三郎を見送りにとうとう二川宿までついてきてしまったからである。それで一日潰した。

なぜ急いていたのか少し理解した気がしたのは、新居宿の関所を抜け、今切《いまぎれ》湊《みなと》の船着場の前にある宿で名物だという蒲焼《かばや》きを食っているときである。

――あの老剣士は一体何者だろう。

老剣士は観音像と対峙はしていたが、睨《にら》み合うという荒々しい感じではなかった。むしろふわりと佇んでいた様子があった。改めて今思い返せば、観音の魂が老剣士の中に溶け込み、その深遠とした歴史に潜んでいた遥《はる》かなるものを、老剣士が胸の中で咀嚼《そしゃく》し、再び観音像に吹き返していた印象さえある。

――神仙ともいうべき気宇壮大な大きさを老剣士に見出《みいだ》したからこそ、うらは呆然《ぼうぜん》としてしまったのではないか。

とにかく、これまでに遭遇したことのない剣客であった。今の時代に、あんなすごい老人がいたのか、と蒲焼きを食いながら和三郎は改めて畏怖の思いを反芻《はんすう》した。

二

蒲焼きを食い終わると、あとは今切の渡しから海上一里（約四キロメートル）の距離を、浜名《はまな》湖を横切って舞坂宿までのんびりと船に揺られて渡るだけである。高い帆の張った千石船程もある大きな帆船である。といっても山育ちの和三郎には、千石船とはどれぐらいの大きさなのか知る由もない。ただ、大垣の湊からそれらしい船影を遠くの海に望み見ただけである。

船着場に着いて浜名湖を眺めていると、向こう岸の山並みの奥に鎮座する黒い山が見えた。あれが富士山か、と青い空の下で悠然と構えている山を見ていると、船に乗る客たちがぞろぞろと移動しだした。その多くが伊勢参りの帰りらしく、数名で固まっている講の者もいる。浮かれた様子が旅人の表情に残っている。

その中に伊勢参りとは無縁そうな供連れの武士もいれば、荷を担いだ行商人もいる。江戸弁を喋《しやべ》る若い町人風の者が数名連れだって行く後を、五人の僧侶がしっかりとした足取りで丸い笠《かさ》を被《かぶ》って橋桁を渡っていく。暑いのに棒縞《ぼうじま》の合羽を着て油断なくあたりを窺《うかが》う者もいれば、その傍らを柳《やなぎごう》行李《り》を振り分けに掛け、道中差を腰に差した町人が小股についていく。防具袋は担いでいないが、修行人と思《おぼ》しき侍が剣呑《けんのん》な目を和三郎に向けた。

和三郎は軽く黙礼をしたが、侍は尖《とが》った顎を上に振って歩き去った。それにしても色々な旅人がいるものだと感心していると、下女、下男を連れた裕福そうな商人の娘がそっとこちらに視線を向けた。その娘の一行を押し出すように、背中に天狗《てんぐ》を背負った巡礼の一行が続いた。

さらに菅笠《すげがさ》を被り、白い脚絆《きやはん》に紅紐《べにひも》の草履に杖《つえ》を持った中年の女や、立兵庫《たてひょうご》といわれる髪型に結った旅支度の武家の女もいる。武家の女は多分嫂《あによめ》の松乃と同じくらいの歳格好《としかっこう》で、端整な顔立ちを手拭いを被って隠している。

二人の女は関所の女改め長屋で相当に厳しく取り調べを受けたらしく、小声で愚痴をいいながら和三郎の前を通り過ぎていった。およそ三十人ばかりの客が乗り込んだ。強い夏の光を避けて、荷室に降りていく客もいる。巡礼の一行も狭い荷室に入っていったが、そこは湿気がある上に暗く、風がないので耐えられない暑さのように和三郎には思われた。

和三郎は最後に船に乗った。これほどでかい船に乗るのは初めてなので浮き浮きした。最初は伝馬込《てんまこ》みを入ってすぐの左舷《さげん》の脇の間に座ったが、古着を担いだ商人から場所を譲られて、その向こうにいた三人の職人風の者たちの隣に座ることになった。

その職人風の者たちは連れらしく、船が湊を出航する前から竹皮の包みを開き、徳利を取りだして酒盛りをしだした。どうもそれが目的で船に乗ったような騒ぎ方で、和三郎はなんだか江戸に出て講談を聞いているような気分になった。酒を飲んでいるのはその者たちばかりではないようで、江戸弁を喋る若い男たちのいる右舷の方からも気勢が聞こえてくる。

舞坂宿の湊まではおよそ一時（約二時間）ほどもかかると聞いていた。和三郎はさっそく船べりに背をかけて目を閉じた。これまでに出会った武道家の姿や姓名が次々と頭に浮かぶ。

吉田城下で別れた岡崎藩本多家家臣たちは、すでに舞坂に上陸し、浜松《はままつ》に向かっていることだろう。少し気弱そうな石川久之助との出会いがなければ、江戸藩邸に向かう本多家家臣と共に旅をすることもなく、途中で待ち伏せていた刺客どもから、惨殺されていたかもしれないのである。

改めて和三郎は自分の強運に感謝していた。それは母が与えてくれたものだろうと思ったからである。

それにすずし気な面立ちをした剛剣家の小山内辰之介からは、江戸の本郷森川町の本多家下屋敷で待つといわれた。江戸では直心影流を習えといわれたことも和三郎の励みになっている。ただ、男谷道場に弟子入りするには、自分は未熟すぎると感じていた。

大垣藩戸田家の敬教堂門弟衆にも世話になった。ことに藤沢昌助の大人《たいじん》とした風貌は忘れがたい。彼らは多賀軍兵衛こと倉前秀之進に随分翻弄されたはずだったが、恨み言ひとついわずに、むしろ安芸国からの追っ手から倉前を守っていた風があった。

(それにしても倉前の柔術はたいしたものだった。なんせいつの間にか宿の下女に組み手を教えていたのだからな。油断のならないやつだ)

しかし、忘れがたい人物だと、和三郎は今さらながら感銘すら受けていた。あんなとぼけた、それでいて凄《すご》みのある侍はそういないと思っていた。

歌比丘尼《うたびくに》をしていたというおもんという女との関係については、いまだに釈然としないところがある。あれが密偵といわれる者の実態なのだろうかと、熟した女の匂いを思い出しながら、和三郎は嘆息した。

――おもんさんは、最後に江戸、鉄砲洲にある安芸藩浅野家の蔵屋敷を訪ねるようにいっていたが、あれは単に修行先を紹介しただけのことなのだろうか。

それにしてはおもんの物言いに意味深長なところがあったと和三郎は思い返した。もし臈《ろう》たけたおもんと最初に交合することがあれば、自分はあの小娘に対して、もう少しうまくできたのではないかと不埒《ふらち》な考えも浮かんだ。最初の交合で和三郎は娘の花芯をさぐりあてることに手間取り、没入する間際に射精してしまったのである。

三

そんなことを思い浮かべているうちに、蒲焼きが胃の中で踊り出して、和三郎をいい気持にさせていたらしい。船の揺れも心地よく、眠りを誘った。目を覚ましたのは、隣にいた職人の内のひとりが和三郎の膝に頭を転がしてきたからである。

「こ、これは粗相をしました。すいません」

和三郎とそれほど歳が変わらないと思われる職人は、酒ですでに赤くなった顔を歪《ゆが》めて頭を何度となく下げた。そこで気付いたのだが、職人は揺らいだとき和三郎の膝に酒をひっかけていたようだ。向こうにいる二人の年嵩《としかさ》の職人たちが笑いながら、和三郎にあやまってきた。どうやら歳下の職人はふたりにどつかれたらしい。

「お侍さん、聞いてやって下さいよ。こいつがあまり純情なことをほざいているのでね、女ごころのイロハを教えてやっていたところなんですよ」

徳利に直接口をつけたひょっとこヅラの色黒の男は、唇の脇をぬぐいながらへへへと下卑た笑いをのぞかせた。隣にいる男は菜っ葉をほおばってのけぞっている。

「こいつはね、一年めえに会った赤坂宿の売女《ばいた》がいった戯《ざ》れ言《ごと》を信じてね、本気で身請けするつもりで親方から二年分の前借をして女に会いに行ったんですよ」

そういうと、ひょっとこヅラは徳利に口をつけて、ブアーとゲップをした。隣にいる男は菜っ葉を口からほうりだして笑っている。

「三次《さんじ》には初めての女でね、ふぐりを下げて会いにいったら、女はとっくに鞍替《くらが》えをしていたってわけですよ。ま、いい旦那を見つけたんだね。いつまでも待っているなんていうのは売女の決まり文句でね。赤坂宿の女郎が本気で通りすがりの男に身を焦がすわけがねーでしょうが。旦那にひかされたってことは赤坂の女郎にとっちゃ大出世なんだからね、喜んでやらなくちゃいけねえ」

ひょっとこはとにかく嬉《うれ》しそうである。

三次といわれた若者はしゃっくりをしている。青なり瓢箪《ひょうたん》のようにぐったりと頭を下げている様子は相当まいっているようだった。

「それにね、旦那、聞いてやって下さいよ。聞くも涙、語るも涙でね。おタカの行く先を知っているという女郎宿の喜助《きすけ》の口車にだまされてね、この野郎は持ってきた三両を喜助に仲介料として渡しやがった。で、風吹烏《かざふきがらす》は三両を懐に入れてドロンですよ」

「そいつは喜助というのか?」

「いや、なめえじゃなくて喜助ってのは女郎宿の客引きのことですよ」

そういえば御油の宿で、淫《みだ》らな着物の着方をしている女郎と一緒になって旅人を誘い込んでいた男も喜助と呼ばれていたな、と和三郎は漫然と思い出した。

「んで、三次はこれから二年間はただ働きというわけだ。あっしらは畳職人でね。おなごの代わりに畳にへばりついていくんでさ。かわいそうなやつじゃ」

相棒の職人もひょっとこヅラに負けない日焼けした顔をしている。笑ったツラは角ばった顎に凹凸を与えると下駄《げた》の裏側のようになる。

ひょっとこヅラは和三郎に酒を勧めてきたが、それを丁寧に断って和三郎は懐に両腕を入れて、吹いてくる海風に目を向けた。

燃えたぎった真っ赤な太陽が目を射してくる。眩《まばゆ》い光芒の遥か彼方《かなた》に、御油の宿でひと晩を一緒に過ごした少女の姿が漂っている。細身だが椀《わん》を伏せたような形のよい乳房をもった美貌の少女は、たゆたう波の向こうで何か語りかけてきた。

「いつまでも待っています」

そういったようだった。

――待つことはない。迷惑だ。

そう和三郎は呟《つぶや》いた。

感傷の心が湧き上がってくるのを感じて、自分を叱責する思いで苛立《いらだ》った言葉を己れに放ったのである。修行人の行く手を遮るその腹立たしい感傷は、多分、それほど悪いものではなかったはずだった。だが、和三郎は思い出に浸る自分をいましめた。

そんなふうに苦りきっている和三郎の耳に、ふいに若い男たちのはしゃいだ声が海風に舞って流れ込んできた。気がつくと、いままで若い弟子職人を笑い者にしていた畳職人も、上体を伸ばして騒ぎの聞こえる右舷の方を眺めている。

人の頭を通して垣間見《かいまみ》えたのは、江戸弁を喋る若い者三人が、近くにいた女に酒の相手をしろと喚《わめ》いている様子だった。

二人の旅姿の女は若くもなければ、とりたてて目立つ容貌でもなかった。道中、顔に膏薬《こうやく》を貼った旅の女を度々見かけたが、その女たちの中にも頬や額に膏薬を貼っていた者がいた。

酌をしろと迫られているふたりの女は周囲の者に助けを求めているが、みなそしらぬ様子でいる。僧侶にいたっては、みな申し合わせたように尻を向けて黙然としている。

——くだらんやつらだ。

その呟きがひょっとこヅラの耳に届いたらしい。和三郎に体を寄せてくると口元を手で覆って囁いた。

「やつらは抜け参宮の連中ですよ」

酒臭い息が鼻にかかった。

その意味が分からず黙っているとひょっとこヅラは続けて、

「伊勢参りにかこつけて、道中手形も路銀も持たずにあちこちたかり歩いて旅をしているやくざ者ですよ」

「そんな連中がおるんか。だが女が迷惑しているのに誰も助けんのはどういうわけだ」

「あんな不細工な女じゃ、助ける気にはならねんでしょ」

「いや、待てよ、あの女たちはたしか白須賀の宿で見かけたぞ、廊下ですれ違ったが、湯上がりだったから肌はつやつやして、ツラも満更ではなかったぞ」

下駄ヅラが目玉を剝《む》き出して女たちを見た。

「小汚くしているのはわざとやっているんじゃねーか。旅の途中で男たちにさらわれないためによ」

「あ、なーるほど、そういうことか。ありえる話だな。だったら一丁助けてやるか」

ひょっとこヅラは威勢よくそうほざいたが、その視線は和三郎に向けられている。

「よかろう」

和三郎は防具袋から木刀を抜き、脇に差して立ち上がった。すると乗船客の頭の上をぬって、三人の江戸者が女ふたりを引き寄せて、酒を飲まそうとしている様子がよく見えた。

女の近くには修行人らしい武家もいたが、坊主同様、騒ぎに関わり合うのを避けて腕組みをして目を閉じている。数名いる船手もそれぞれの作業に忙しく、騒ぎに気付いてはいたが作業の手を止める様子はない。

ここに倉前秀之進がいたら、とっくにあの連中を叩《たた》きのめしていることだろうと和三郎は思った。修行人の武士の態度が情けなかった。

若者のひとりがいきなり女の顔に貼られた膏薬を引きはがした。女が叫び声をあげると、そばにいた行商人が女の顔を眺めて、ほうというように目を見開いた。下駄ヅラがいうように女たちは故意に顔を醜くさせていたようだった。

胴の間の床には荷も積まれていて、そこに船客が背をつけて固まっているので、揺れに足をとられた和三郎は、客を避《よ》けて進むのに往生した。向こうでは、若者三人の無茶な振る舞いにしびれをきらした商人が、そばにいる供連れの武家や屈強そうな男に、なんとか助けてやってくれと頼んでいるようだった。

四

和三郎がようやく乗船客の間を抜けて、三人組の顔がよく見られるところまで近づいたときだった。右足の甲がコツンと叩かれた。偶然ではなく、それが明らかに鞘《さや》の切っ先で打たれたものだったので、和三郎は足を止めた。

叩いたのは浪人風の武芸者で腕を組んで座っている。深網笠を被っているので表情は見えない。ただ、その浪人が故意に足の甲を打ったことは明白だった。

無礼者、と怒鳴ろうとしたが、何かそうしてはいけない妖気が浪人から立ちのぼってくるのを感じて、和三郎は黙って笠を見下ろした。それにこの船に乗り込む客は仔細《しさい》に観察していたはずだったのに、その浪人の姿を見かけた覚えはなかった。

——一体、この人はどこから出てきたのだ。

不気味なものを感じて和三郎は揺れにあらがって佇んでいた。

しかし、右舷の方では女たちが男から腕を取られて悲鳴をあげている。じっとしてはいられない。和三郎は浪人を無視して、行商人の背中を押して前に進もうとした。

すると、コツン、とまたこづかれた。今度は脹《ふく》ら脛《はぎ》である。むっとして和三郎は浪人の前に片膝を立てた。それから無造作に深網笠に覆われたその顔を覗《のぞ》き込んだ。

尖った顎が目に入った。

「何ですか」

「放っておけ」

浪人は嗄《しわが》れた声でいった。

「何故です」

「今に分かる」

笠から顔を上げずにいう。刀を肩から斜めに置いて胡座《あぐら》をかいている。なんだか体中が弛緩《しかん》している。

和三郎は騒いでいる男たちを見た。酒を飲んで女をからかっているのは最前と変わりがない。むしろ女の胸に手を差し入れたりしてその戯れは度を越している。

浪人を置いて憤然と立ち上がったとき、袴《はかま》の裾を引かれた。そう思ったときには体が大きく反転して尻餅をついていた。これは柔術ではないのか、と空転しながら思いついた。だがその思いは尾骶骨《びていこつ》を船床に打ちつけた痛みですぐに霧散した。

不本意ながら浪人の顔を下から見上げる形になった。

「何をするんや」

そこに、肉のそげ落ちた頬があった。深網笠が微《かす》かに動き、暗い中で青光りする眼光が和三郎を射してきた。背中に痛みを伴った痺《しび》れが走った。

「やつらは盗人だ」

「えっ？」

「女も仲間だ」

「えっ、ええーッ？」

「他の者に助けを求めているやつは掏摸《すり》だ。声をかけながら客の懐を探っているのだ。ふたりいる。遊び人は放っておいて、やつらを捕らえろ」

和三郎は上体を伸ばして三人組の周囲を見回した。確かに商人風のひとりの男が、女たちを救ってやって下さいと乗船客に懇願している傍らで、もうひとりの年配の男がうろうろしている。

――あいつらは掏摸なのか。

よく見ると、年配の男は、若者三人に気を取られている隠居風の商家の老人の背中をさり気なく触っている。その仕種《しぐさ》はごく普通の動きで懐に手を差し入れているようには見えない。

その間にも若い三人の男どもの悪さはまだ続いている。掏摸よりもまずやつらをこらしめてやろう、と和三郎はいきり立って三人の前に立った。女も仲間だというのは、とてもではないが信じられるものではない。

おや、という表情で体の細い、まるで一夜干しの役者のような顔付きの男が和三郎を振り仰いだ。

「なんでえ、なんか用かよ」

――女を離せ、これ以上狼藉《ろうぜき》すると許さんぞ。

そう和三郎は腹の中で怒鳴った。だが口から出てきたのは、

「お、お、はな……」

というまったく意味をなさない言葉だった。三人の男はけたたましい声をあげて笑った。

「難渋しています。お助け下さい」

出額の女は四つん這いになって和三郎の足にすがってきた。商家の女房には見えず、といって武家のご新造では勿論《もちろん》ない。ヘンな女だと訝《いぶか》しく思いながら、和三郎は女の腕をとって男から引きはがした。

「なんでえ、この田舎侍が、すっこんでいろよ」

「田舎に戻って稲刈りでもしていろ」

ふてぶてしい男たちだった。脹らんだ頬に明らかな刀傷をもった澱《よど》んだ目をし

た男は、懐から匕首《あいくち》を抜き出して威嚇してきた。

もうひとりの小柄だが肩の張った筋肉質の男は、抱いていた女を放り出すと、これも腹にひめた匕首の柄《つか》に手をかけ、片膝を立てて身構えた。

――こいつらは侍をなんとも思わんのか。

木刀の柄に手がかかりそうになった。だがそのときでも和三郎はまだ町人を打擲《ちょうちゃく》することにためらいがあった。照りつけてくる日光と上下する海原が目の奥を射してくる。

――どうしたものか。

そう思ったとき、背中に固い物がぶつけられた。振り返ると、酒を飲んでいた仲間のひとりが、四角い荷を持って腰を落として睨みつけている。さらに荷を振りかぶってもう一撃加えてこようとした。

とっさに、和三郎は木刀の柄をその男の腹にぶちこんだ。

男の呻《うめ》き声があがるのと、横から出てきた匕首が脇腹に突き刺さったのが同時だった。

鈍痛が腹に響いた。頬に傷のある男が、隙を衝《つ》いて匕首を突き刺してきたのだ。

和三郎は木刀の柄をその男の顎に打ち込んだ。男はのけぞり、背後にいた女に背中から倒れ込んだ。

目の前で、身構えていた筋肉質の男は、怖《おそ》れることなく懐の匕首を抜くと体ごと突き掛かってきた。今度は和三郎もためらわなかった。存分に木刀の切っ先に力を溜《た》めて、その男の脳天を容赦なく打ち据えた。

「ギャアー」

断末魔の声をあげた男は眉間から血を流して上体を折った。乗船客の間から悲鳴があがった。みな、魔王を見たような怯《おび》えた顔で和三郎を見つめている。旅支度を整えた立派な身なりの武家でさえ、怖気《おぞけ》をふるった様子で上体を斜めに折って見つめている。救ったはずの女でさえ、四つん這いになってそばから逃げようとしている。

――そうか、ここではうらは敵役《かたきやく》なのか。

とっさにそう悟った。気落ちした。

そう落胆した和三郎の思いとは裏腹に、艫《とも》の方から野太い男どもの悲鳴があがった。乗船客の視線はそちらに奪われた。

「許してくれー」

そう喚いているのは、最前までいたぶられている女を助けてやってくれと、乗船客に頼んで回っていた商人と、旅慣れた感じの年配の男である。ふたりともさっきまでの親切心に富んだ態度とは一変して、背後から腕をとられて口から泡を吹いている。

いつの間に艫に回ったのか、先程、奇妙な技を使って和三郎を転がした浪人が、深網笠を被ったまま、今度はふたりの商人を背後から操っているのである。その浪人が首を振ったように見えたとき、ふたりの体は同時に宙を舞っていた。すると年配の方の男の懐からいくつかの財布がぱらぱらと落ちた。

「あ、儂《わし》の財布じゃ」

最初に叫んだのは年配の武家である。供の中間《ちゆうげん》があわてて財布を拾いに跳び上がった。

「あ、いつの間に金子《きんす》入れを！」

上体を伸ばして喘《あえ》いだのは、角帯の上から胴締めをしている商人である。

「お、お、お」

と頓狂な声をあげた丸笠被りの坊主もいる。

「儂の財布もあるようじゃ」

と商家の御隠居がのどかな声で呟いた。

和三郎は一瞬それらの騒ぎに気を取られた。だが、そんなことをしている場合ではないと、ズキズキと痛む腹を押さえて、盗人の一味らしい江戸の男たちを探した。

最初に和三郎に腹を木刀の柄で打たれた男は、騒いでいる乗船客の間を蟹《かに》のように縫って逃げようとしている。すかさず和三郎は男の後頭部を打ち据えた。体を反転させて崩れ落ちた男は、仰向《あおむ》けになると目玉を開いたまま気絶しているのが分かった。和三郎はその男が締めていた帯を抜き取って、男の両腕を背中に回し、首を通して縛り付けた。

次に、これも逃げようともがいていた男の背中を、したたかに木刀で打ち据えた。匕首で和三郎の腹を刺した頰に傷のある男である。この男もたわいなく両膝から崩れて烏賊《いか》のようにぺたりと船板に伸びた。背後から打つのはなんともたやすいものだと和三郎は快感を覚えた。

自分でも、意外、と思えたのは、それでも容赦をしなかった己れをみたことである。腹を刺された怨みは自分でも想像以上のものだった。男の手にした匕首を奪うと、容赦なくその切っ先を男の右手の甲に突き刺した。盗賊め、と腹の中で吠《ほ》えていた。すると、水中に顔を突っ込んでいた鴨《かも》が尻の毛を抜かれて驚いたかのように、男の首だけがぴょこんと上がった。だが、それだけでは気が済まず、男の左右の指を四本ばかし第二関節から斬り落とした。男はきゃっと一声泣いて再び気絶した。

次に眉間を割られてこれも失神している筋肉質の男を見下ろした。かまわねえから海に放り込んじまえ、と威勢のいい声をかけてきたのは、江戸で畳職人をしているという兄貴分の男である。職人は左舷に立ち上がって何やら啖呵《たんか》を切っている。さっきまでしょぼくれていた三次という若者も、気を取り直したと見えて、兄貴分と一緒になって腕を大きく振り、そうだそうだと大声を張り上げている。

「ぼんやりするな。そいつのしごきを取れ」

そう背後から海風をくぐるようにして響いてくる低い声があった。見ると最前の浪人がやはり深網笠を被ったまま、まるで柳の木のようにゆらりと佇んでいる。

「腹の出血がひどい。そのままにしておくと、舞坂に着く頃には冷たくなっているぞ。そいつのしごきで腹を押さえろ」

「あ、はい。しかし、いいのですか」

「よいのじゃ」

「それでは、そうします」

浪人の威厳に押されて、和三郎は急いで男たちの腹を巻いていた晒《さら》しを解いた。

「おい、そこの侍と薬売り、財布を取り戻してやったのじゃ。礼に隣で伸びているやつのしごきを取れ。とっとと取れ」

紋付き羽織をつけた旅の武家と、薬売りの隣で伸びているのは、浪人に宙に飛ばされた掏摸のふたり組である。ただ飛ばされただけなのにまるで気がつく様子もない。

突然指名された武家と薬売りは、泡喰《あわく》った様子で浪人に命じられるままに、競うように晒しを抜き取りだした。こんもりとした晒しが和三郎の前に積まれたのは一刻《いっこく》(約十四分)あとのことである。いつの間にか江戸者三人に悪戯《いたずら》されていた女ふたりが、和三郎の前に座らされていた。

「まず、焼酎で消毒してやるのだ。それからこの武家の脇腹をしっかり押さえ、出血が止まったのを確認してからしごきを巻くのじゃ。おい薬売り、傷口を押さえる貼り薬を出せ。ぼやぼやするな」

抑揚のない声で浪人はいった。薬売りは命じられるままに薬箱の風呂敷を解いている。乗船客が取り巻く中に置かれたふたりの女は、気恥ずかしそうな、ふてくされているような、そんな感じで両膝を崩して座っている。

「早くせえ」

そういわれてひとりの狐目《きつねめ》の女が目尻を吊《つ》り上げた。

「なんで私たちがそんなことをしなくてはならないのですか」

女がそう言い終わらないうちに、女の頭上あたりで白光が走った。目を見開いて見つめていたのだが、その白光の正体が和三郎にはつかめなかった。瞬《まばた》きをし直したときには、女の丸髷《まるまげ》が飛んでいた。

当の女にも一瞬何が起こったのか分からないようだった。仰天しているのは二人を取り囲んだ乗船客たちだった。女は周囲の反応に気付いたのだろう。ハッとしたように、自分の髷に手をやった。

「クエーッ」

奇声を発して女は真後ろにのけぞった。着物の裾が開き、女の白い股が強い陽光の下にさらされた。背後で歓声をあげたのは江戸の畳職人のようだった。一緒にいた女は度肝を抜かれて真っ青になって震えだした。

「早くせえ。おぬしらがこの悪党どもの仲間だというのは分かっている。どうだ、望みとあれば帯を斬ってやってもよいぞ」

すると女たちはそろって口を開いて石のように固まった。

「では望みどおり、裸にしてやるとしよう」

浪人は嗄れた声でいうと、いったん鞘に納めてあった小刀の柄に手をかけた。ただそれだけのことだったが、いきなり女ふたりは物もいわずにかいがいしく働きだした。

血の噴き出ている和三郎の腹を焼酎で丁寧に拭うと、ひとりは晒しで止血をし、もうひとりは薬売りが差しだした貼り薬を傷口に貼って押さえた。

舵柄《かじづか》をかかえた舵取《かじと》りの船手がゆっくりと船首をめぐらすと、帆柱がきしんだ音をたてた。風をはらんでいた帆幟《ほのぼり》が急に勢いをなくした。

女ふたりが和三郎の腹に晒しを巻き終えると、そこは舞坂の湊になっていた。驚いたのは船を天幕で覆い、派手な幟や吹き流しをたてた檜垣廻船《ひがきかいせん》が、およそ数十人の武家を乗せて出航していったことである。

六月の今はその時期でもないのに、まるで参勤交代で西国に帰る一行のように仰々しい。それに見渡すと、湊には帆柱を張った弁財船《べざいせん》が、荷だけを積んで何艘《そう》も出入りしている。湊には活気が溢《あふ》れている。

助太刀《すけだち》をしてくれた浪人に礼をいわねばと、ようやくの思いで起きあがった和三郎は、妙な光景が目に飛び込んできたのを知って、首をかしげた。

謎の浪人は、裕福そうな御隠居から袱紗《ふくさ》に包まれた相当な金子を受け取っていたのである。

まさか、あの御仁が、と信じられない思いで佇んだ和三郎は、次にこちらに向けられた浪人の表情を目の当たりにして唖然《あぜん》とした。頬の削《そ》げた、凄みのあった顔付きをしていた年寄りといってもいい年齢の浪人は、ほんの一瞬だったが、深網笠の端に左手を添え、頬に笑い皺《じわ》を浮かべて微笑《ほほえ》んだのである。

五

――油断した。

和三郎は反省していた。本来なら松並木が続く心地よい街道を、樹木の間を縫って吹いてくる海風を頬にあてながら歩いているはずなのに、実際はズキズキと痛む右脇腹を押さえて、体を傾けがちに歩いているのである。

――よりによって江戸の遊び人風情に匕首で刺されるとは、うらはアホじゃや。

脂汗が浮いていたのか、あるいは岩石崩しにあったような顔を、頑丈そうな体で支えながら唸《うな》っている和三郎を畏れたのか、向こうからやってくる旅人がみなよけていく。

脇腹を見ると、傷に効く貼り薬を貼った上に、強く巻いたはずの晒しから血が滲《にじ》んできている。松の根っこに腰を下ろし、竹筒から水を飲んだが、喘ぎは全然治まらない。

——やはり、無理をするのではなかった。舞坂で宿を探すべきであったかな。

大方の旅人は今切の渡しで渡船を下りたらそこが宿と決めていたようで、まだ陽《ひ》が高いというのに、さっさと宿に入っていった。

和三郎が木刀で打擲し、浪人が気絶させた盗人五人と女賊のふたりは、役人の手で搦《から》め捕られて引き立てられていった。その騒ぎも、いっとき注目を浴びせられてはいたが、すぐに渡船場の石段に発する船子のかまびすしい声と、舞坂を往来する旅人の喧噪《けんそう》に紛れていった。

結局、和三郎のやったことは何の評価も与えられずに、ただ腹に穴を開けられて一件落着したことになる。

「おい、親爺《おやじ》」

駕籠《かご》に乗るにも防具袋が邪魔になる。

——軽尻《からじり》を雇うしかないか。

と、あきらめかけたとき、和三郎の目に荷駄を引いた馬がやってくるのが映った。馬方が通りすぎるところを和三郎は観念して声をかけて止めた。

縄でくるんだ荷と農具らしいものを積んだ馬方は、和三郎の頼みをよく聞いてくれた。浜松から舞坂まで塩を運ぶのが仕事だったらしく、手拭いを頭に巻き、破れた笠を被った年老いた馬方は、晒しから血を滲ませている侍を見て、日焼けした皺だらけの頰肉を微かに震わせた。その上で、浜松までの二里半（約十キロメートル）の道を、わずか五十文で運ぶことを了解してくれたのである。

荷駄には寝藁《ねわら》も積んであった。これ幸いと寝藁に体を横たえながら、和三郎は再び自分の犯した油断を反省した。それがいやになってきた頃、ようやく得体の知れない浪人のことを考えた。

――あいつは確かに隠居から銭を受け取っていた。あれは恐らく礼金だ。それも二両、三両の金ではない。恐らく十両はあったはずだ。

それからあれがあいつの商売なのだろうか、と思い巡らせた。それなら、

――掏摸を脅して四両二分をせしめた実績のあるうらにも、やってやれないことではない。

と不埒なことを考えた。それから、街道を往来する旅人の奇異な目つきにも慣れ、腹の痛みをなだめたりしている内に、コトンと眠りに落ちた。陽は容赦なく

和三郎の上に照りつけてきたが、菅笠で顔を覆えば、光のシャンシャンという音は、ほどよい子守歌にもなったのである。

「お侍よ、ここらでええが」

馬方の声で目が覚めた。ん、と首を上げると、馬も太い首を回して和三郎を見ていた。でかい目玉と視線が合った。和三郎はなんだかバツが悪くなった。侍のくせに情けネーと嗤《わら》われている気がしたのである。

「ここは、どこだ？」

「伝馬町だぁ。お侍のいっていた修行人宿というのは分がらねえが、その姫《ひめ》街道を渡れば旅籠《はたご》町じゃから、聞いてみたらどうずら」

「そうか。助かったぞ」

和三郎は防具袋を先に下ろして、そろりと荷駄から降りた。すると右腹に火鉢を突っ込まれたような痛みが走った。覚えず、腹を押さえて屈《かが》み込んだ。

「でえじょうぶずらか。医者に行くならそこの路地をへえっていくといいだ。ええ先生がおるときいているずら」

「すまぬ。世話をかけた。五十文だったたな。これでこの馬に飼い葉を与えてくれ」

どうも馬に無心されているようだ、という最後の言葉を飲み込んで、和三郎は小粒の銀で一匁《もんめ》を馬方に与えた。太く黒い指で小粒を受け取った馬方は、へっ、と頓狂な息をついて若い修行人を見上げた。貨幣価値が下がったとはいえ、それで百文ほどになるはずだった。

馬方は馬と同じように前歯を剝きだして、街道を東に曲がっていった。大八車を引いた馬がまた首を回してこちらを見た。その長い顔の向こうに浜松城が聳《そび》えていた。白い城壁が夕方の光を浴びて橙《だいだい》色に輝いている。野面《のづら》積みの石垣が偉そうに城を支えている。

浜松藩はたびたび城主が代わっているが、領主のことにはうとい和三郎でも、そこがかつて天保の改革で名をはせた老中水野忠邦《みずのただくに》が七万石で治めていたところだというくらいは知っている。改革が失敗に終わった後、一万石を削られ、現在は井上正直《いのうえまさなお》が領主となっている。

そういったことをおさらいしながら、和三郎は姫街道の裏手にあたる小路をよろよろと歩き出した。その一間半（約二・七メートル）ほどの幅の路地には、やたらに一目でそれと分かる淫らな化粧をした女が出ていて、旅の男どもにしなを作って声をかけていく。池田屋、西野屋、加美屋、といった旅籠に交じって、金波楼、甲州楼といった遊郭が色鮮やかに建っている。どこもかしこも女で溢れている。

さすがにこんな貧相な身なりの修行人に声はかからないだろうと思っていると、いきなり担いでいる防具袋の背後から首を絞められた。首を回すと女がぶら下がっている。

振り落とす代わりに、和三郎は女を抱いて腹に巻いた晒しを見せた。おや、といった女は、医者ならそこがいいよ、と二軒先を指さした。その店の横にさらに狭い路地があり、ちっぽけな看板に「蘭方《らんぽう》治療処《ちりようどころ》」と書かれている。

訪ねていくと、小女が出てきた。頼むといって腹を見せると代わって袴を穿《は》いた若い男が出てきた。和三郎は草鞋《わらじ》を脱ぎ、脛巾《はばき》を取って脛毛《すねげ》の生えた足を指先から洗った。ここでは旅籠のように下女が洗ってくれるというわけにはいかず、うんうん唸りながら自分で洗った。

玄関脇の六畳間には七、八名の患者らしい者が待っていたが、どういうわけか和三郎はすぐに奥に通された。そこに敷かれた綿布に寝るようにいわれて仰向けになった。だが、ばかに背中が痛い。どうも綿布の下には竹の簀《す》の子《こ》が敷かれているようだった。

しばらくすると、丸い縁の眼鏡《めがね》をかけた三十半ばの小柄な男が入ってきた。

「剣術修行のお方ですか」

といって晒しを取った。傷口に貼ってあった貼り薬を無造作に剝ぐと、ほう、といった。

「いつ、刺されましたか」

邪気のない表情でそう聞く。

「かれこれ、ふた時（約四時間）になります」

「応急手当がよかったようですね。そのままだったら出血多量で危なかった。では縫いましょう」

「縫う？」

そういうことを予測していなかったので和三郎の声はさすがにうわずった。

「なに、畳針で縫うわけじゃありませんよ。但しうちは蘭方です」

「漢方医とは違うということですか」

「麻酔は使いません」

「えっ？」

麻酔は五十年ほど前から使われていると聞いていた。

「痛くないですか」

「根性です」

あっけにとられていると襖《ふすま》が開き、小狸《こだぬき》みたいな表情をした小女が盥《たらい》に湯を入れて運んできた。次いで最初に玄関に出てきた男が、手術の用具らしいものを布に包んできた。医者は柔和な目で頷《うなず》いた。助手が和三郎の顔に濡《ぬ》れた手拭いをかけると、患部に指先が添えられた。

「ウオーッ」

と和三郎が喚いたのはその直後だった。脳天を棍棒《こんぼう》で殴られたような衝撃が走った。根性だ。気が遠くなる前にその言葉が脳裏を泳いだ。

六

目が覚めたのは隣の部屋から同じような喚き声が聞こえたからである。部屋の中は暗くなっていた。縫われた腹が痛んでいたが、それより空腹感の方が強かった。

「骨が折れちゃーせんかよ」

「折れてはいない。丈夫な骨をしていますね。ただあちこちに切り傷がある」

「あしを盗人呼ばわりして三人でかかってきよった。げにまっこと卑怯《ひきよう》なやつらぜよ」

「少し滲《し》みますよ」

何やら妙な問答がすむと、また喚き声がした。和三郎は空腹を抱えたまま再び眠った。

次に目が覚めたのは明け方だった。壁板の節目から紫の淡い明かりが洩《も》れ込んでくる。大垣では新月だった月も、満月近くの大きさになっているはずだ。

同じ部屋には患者がひとり眠っている。太い寝息が野犬の咆吼《ほうこう》のように聞こえてくる。どうやら先程隣室で傷の手当を受けていた侍が、処置室から移動してきたものらしい。打たれた箇所はいくつかあるようで、寝返りをうつのも億劫《おつくう》な様子で、ただ仰向けになって唸っている。

——どうも、異国船がやってきてから世情はぶっそうになったようだ。

そういえば、眠っているときに、どこからか、患者の話し声が聞こえた。その者は行商人のようで、十日程前に浜松の浜の遥か向こうを、この国のものではない、まるで城が海上を漂うように進んでいく巨大な艦船を望見したと興奮気味に喋っていた。

――それが浦賀《うらが》の方に向かった異国船かもしれん。

和三郎はそう思ったが、すぐに睡魔に襲われた。

今、再び目覚めて最初に脳裏に浮かんだのはその行商人の言葉だった。四年前にも亜米利加《メリケン》の軍艦が長崎にきたと聞いていた。さらにそれ以前の弘化《こうか》三年（一八四六年）には、浦賀に亜米利加の軍艦がやってきて通商を求めたという。恐らくそれが、亜米利加の軍艦がこの国にきた最初だ、と藩校の学頭が語っていた。そのとき和三郎は十二歳だったが、異国船、軍艦という言葉が胸の底に澱《おり》のように沈澱《ちんでん》して剝がれなくなった。この世に軍艦などというものがあるのだろうか、と疑問だったのである。そして、いつかこの国のどこかで、異国と戦さをする者たちが出てくるのではないか、と少年ながらに感じて不安に思ったのである。

そんなことを漠然と思い出していると、妙な物音が外から聞こえた。

戸を叩いているようだが、急患が医者に駆け込んできた様子ではない。普通の訪問客だったらこんな時刻にやってきたりはしない。

外には風もない。

――誰か中の様子を窺っているような感じだな。

そう思った次の瞬間、ボカンと音がして表の戸が蹴破られた。とっさに和三郎は跳び起きた。刀を探したが、それは腹を縫われる前に診療所の小女に手渡している。玄関を通って荒々しい足音が病室に鳴り響いてきた。

「おい、起きろ！」

和三郎は隣で唸り声をあげている男に怒鳴った。

「なんじゃ、どうしたぜよ！」

武道の心得はあると見えて、男はすぐに身構えた。その横顔の眉のあたりに大きな黒子《ほくろ》があるのが、どういうわけか和三郎の目に入った。

襖から洩れてくるのは、どうやら龕灯《がんどう》の明かりらしい。荒々しい息と共に二、三の黒い影が龕灯の向こうからなだれ込んできた。

「おい、袴はどこや」

傷を負っていた侍は奥に向かってそう怒鳴った。アホか、と和三郎は思った。

「とにかく逃げろ」

和三郎はそう声を放つと、すぐ眼前で金色に輝く刃《やいば》を向けてきた狼藉者の下をかいくぐった。白刃は勢い余って、さっきまで和三郎が横になっていた綿布を打った。その下には竹の簀の子が敷かれている。狼藉者の刃はその竹を割った。

無我夢中で和三郎は割れた竹を拾うと、黒い影の脛をめがけて横殴りに打ち払った。黒い影はばかでかい口を開くと、老婆《ろうば》が発したようなしゃがれた悲鳴をあげて倒れた。

和三郎はその影の頭の部分めがけて、もう一度強く打ちつけた。容赦などしておられるかと憤然とした。それからすかさず影が手にしていた刀を奪うと、そのまま玄関のたたきを走り抜けて、裸足《はだし》で外に逃げた。

襲撃者の喉をえぐらなかったのは、診療所の床を血に染めては申し訳ないというためらいがあったからである。

家の中から喚き声と激しくぶつかり合う物音が聞こえてくる。灰色の空の下で雨戸を開ける音が方々から響いてくる。甲高い女の声が高い空に木霊《こだま》した。

路地に身を潜めて様子を窺っていると、三つの影がもつれて戸口から転がり出てきた。どいつが傷を負った同室の侍なのか、とっさには分からなかったが、ふたつの影に押されて地面に尻餅をついた者がいたので、あれが同室の傷を負っていた侍だろうと見当をつけた。そいつは袴をつけておらず着流しだった。

それで和三郎は、向こう側に立って真剣を構えている影に向かって、とりあえず竹の棒を投げつけた。

それほど反応はなかったが、どこかに当たったらしく、とにかくそいつの攻撃は一旦やんだ。尻餅をついていた同室の侍も抜け目がなかった。敵の隙をついて、いつの間にか手にした刀の鞘で相手の脛を払ったようだ。小気味よい音が響いて、ひとつの影は地面に突っ伏した。

その背後から角張った将棋の駒のような体つきをした侍が、ひょいと起きあがってきて刀を構えた。和三郎はすかさず真剣の切っ先を突きだした。今度は確かに胸の肋骨《ろっこつ》を砕いた手応えがあった。

「よし、逃げるぞ」

和三郎は尻餅をついたままの男に向かってそう怒鳴った。

「あしの袴はどこぜよ」

暗い玄関から、恐る恐る目を外に覗かせた診療所の小女に向かって男は聞いた。

こいつアホか、と和三郎はまた思った。今度は本気であきれた。

七

走り回った末に、ふたりが逃げ込んだのはどこかの神社の境内である。同じ敷地内に小さな本殿が建っていたが、そこに隠れていてはかえって危ないと感じて、和三郎は男と共に本殿の裏に回った。そのあたりはじめついていて、雑草が膝まで生えている。

草についていた露を真剣の先で払って草を切り、とにかく腰を下ろした。寝込みを襲われたのだ、さすがに息が苦しい。

空は曙《あけぼの》になっている。桃色の光が東の空から湧き上がりだしたようだ。

その淡い明かりの中にいる侍は存外に若い。色黒の顔にいくつもの黒子が付着している。ことに眉の脇にある黒子は大豆のように大きい。

「おぬし、黒子の中に顔があるんやな」

「余計なお世話じゃ」

憤然と顎を振った。

「じゃが、黒子の中に顔があるというのは言い得て妙やな。普通は顔の中に黒子じゃろ」

にやりと笑った。前歯がにゅっと覗いた。

「あいつらは何者だ。心当たりはあるか」

「あるきに。『見付《みつけ》』からあしを追うてきたやつらじゃ」

東の空に目を向けて呟いた。影になった横顔には哀愁の色がある。こいつおなごにもてるかもしれんなと和三郎はつまらないことを考えた。

「『見付』からか」

「そうじゃ。江戸と京都の丁度中間じゃき」

「すると天竜川《てんりゅうがわ》を越えてきたのか」

「しつこいやつらじゃ」

「連中のことじゃない。おぬし、足も腕も傷だらけじゃないか。その傷で四里（約十六キロメートル）の道を逃げてきたのか」

「四里と七丁（約七百六十三メートル）じゃ。ほやけんど、おまさんにはとんだ迷惑をかけたな。あの診療所に居候をしちょるんか」

普通の表情でそう聞いてきた。和三郎は単衣《ひとえ》の腹をまくって巻いてある晒しを見せた。

「うらは患者や。腹を縫われた」

「ほう、おまんも酒代を踏み倒したかよ」

「そんなことはせん」

だが、盗人から匕首で刺されたとはいえなかった。その代わりあきれた思いで和三郎は若い侍を見返した。

「するとなにか、おぬし、酒代を踏み倒して追われていたのか」

「ま、そがなことになるかの。やつらぁ井伊《いい》家の家中の者でな、つーても下っ端の十俵二人扶持《ぶち》や。あしも似たようなもんじゃが。やつらぁ亜米利加《メリケン》の軍艦がおる浦賀に追加で駆り出されたようなんじゃが、ええ加減なやつらでな、防備のための手当を懐に『見付』の茶屋で酔いしれておったんじゃ。亜米利加と戦さもせんと、大海原を眺めてごきげんになっちょったき」

「そこにおぬしが乱入してやつらと酒を酌み交わし、適当におだてた末に、酒代を踏み倒したというわけか」

「有り体にいえば、そういうことじゃ。ついでにやつらがもっちょった書き付けも盗んでやったきに」

「書き付け？」

ぎょっとした。不意に安芸浅野家の倉前秀之進の髭面《ひげづら》が思い浮かんだ。あの男も密書らしきもののために追われていたのだ。

「けんど、たいしたことは書いちゃあせんかった。『おんしら、べこのかあ（馬鹿）に浦賀警固を命ず』、とそれだけじゃ」

「だが、やつらが浦賀に行かずにわざわざおぬしを追ってきたのは、その書き付けを取り戻すためではないのか」

「そういうことぜよ。おんし若いのになかなか察しがよいな」

「十九歳だ」

「あしと同じじゃが」

随分人を喰ったやつだ、と和三郎は思った。こんな手合いとは土屋領では会ったことがない。

「あしは剣術修行で土佐から江戸に出てきたのじゃが、亜米利加の艦隊が現れたというんで、留守居役からすんぐに鮫洲《さめず》の抱《かかえ》屋敷で警備に当たれよいわれて行ったんじゃや。ま、臨時雇いじゃな」

「うらも剣術修行で江戸に行くのや」

「ほうか。流派は何や」

「一刀流。越前野山藩土屋家に伝わる武田派一刀流や」

「知らんな。やけんど、おんしは強い。畏れ入った。おかげで命拾いした。すまんかったきに」

悪びれずに頭を下げた。

「江戸ではどこの道場に入門したんや」

「千葉《ちば》道場じゃ」

「おお、あの北辰一刀流の千葉周作《しゅうさく》先生の門下か」

和三郎の頭に血が上った。

「いや、わしの師範は千葉周作先生の弟の定吉《さだきち》様じゃ。桶町《おけまち》の千葉道場じゃ」

「それもすごい。千葉道場の門下生に会うたのは初めてや」

「そうかしこまりなさんな。わしは入門してまだふた月じゃ」

「ん？ では破門になったのか」

「ちがうちや。鮫洲に警固にいったが退屈でな、そんで十五里（約六十キロメートル）の道を一日半かけて、亜米利加の艦隊が停泊しちょるという浦賀にまで出掛けた。あれにはまっことたまげちや。あれに較《くら》べたら千石船などは鯨とメダカのようなものじゃき。浦賀の役人どもは、蒸気を吐くごっつい二隻の軍艦に腰がひけて、そのあたりを小舟でうろうろしょっただけちや。わしが行く前には、砲弾が発射されて大ほたえじゃったらしいが、それが空砲と分かると、江戸から見物に来た町人どもが花火だと喜んでよ、漁師を雇って軍艦からもう二隻のどでかい帆船のところまで漕《こ》がしてよ、中には亜米利加人を宿に呼んで馳走《ちそう》したちゅうぼっこなやつもおったゆうきね。まっこと江戸の町民のやることはごついぜよ」

「そんなにでかいのか」

「千石船百隻分はあったかの。これぱっかりはほんまにわれの目で見んと分からんがじゃき。わしはあの巨艦に乗り込んで亜米利加どもの首を討っちゃるつもりでおるのじゃ。ほやけんど、今はまず京におわせる天子様を御護《おまも》りするのが先決じゃ。ほいで江戸には戻らず、浦賀からそのまんま京に向かうことにしたんちや。向こうには土佐の同志もおるきにゃ」

「ではどうして傷を負うたんや」

「天竜川で河留におうてにゃ、宿の女と交渉しちゅーところを連中にみつこうてしもうた。三対一ではさすがに分が悪い」

「だが、入門二ヶ月にしては相当なものじゃないか。先程も闇討ちに遭いながらうまく切り抜けておったな」

「おんしのおかげじゃ。ところでおまんは誰じゃ」

「越前野山、土屋家家臣、岡和三郎と申す。といっても部屋住みや」

「わしは土佐の坂本《さかもと》じゃ」

「土佐の坂本、それだけか」

「そう、竜馬《りょうま》。坂本竜馬。それだけじゃ」

そういうと、雑草の中から立ち上がって尻をはたいた。上背のある男で和三郎と同じ五尺八寸ほどある。

「暗くなるまでこのお堂の中で休むとするか。宿に袴を取りにいかにゃいかん。それと、やつらから奪《うば》うたこの刀を売って医者に銭を払わにゃいかん」

坂本は井伊家の家臣から奪った刀を上に振った。彼の刀は鞘に納まっているが、和三郎の分は抜き身のままだ。売るにしても怪しまれる。

本殿の表に回ろうとしたとき、いきなりふたりの前を、細い影が揺らいで立ち塞がった。ぎょっとした。

「さっきから威勢のいい話をしておるな。だがおぬしらは、どうやらもう一仕事せねばならんようだな」

陰になっている尖った頬の上に、三日月を貼り付けたような目がある。

「あ」

和三郎は声に出して浪人を見据えた。船の中で奇妙な術を使って、町人をぶん投げていた侍に間違いなかった。コツン、と刀の鞘で足の甲を打たれた感触がまざまざと蘇《よみがえ》った。

――一体どこから出てきたのだ。こいつは妖怪か。

「おぬしとは妙な縁があるようじゃな。これが三度目かな」

和三郎に向かってそういうと、浪人の目は坂本に向けられた。三度？　と和三郎は胸の中で呟いた。

「小僧、いっぱしの口をきくようになったな。八年振りかの」

「八年前たらあ、わしはまだ十一歳じゃ」

「だから小僧なのだ。さあ、さっきからうさんくさい連中がこの社《やしろ》の周りを嗅ぎ回っておるぞ。おぬしらのおかげで儂は眠りをさまたげられた。まず、こやつをなんとかせえ」

浪人は坂本を見据えたまま、ひょいと腕を後ろに振った。すると襟首を摑まれたへんてこな顔をした侍の顔が、浪人の指先に吊《つる》されて出てきた。

え、と呟いた坂本は、本殿の裏から鼻先へにゅっと現れたじゃがいものようないびつ顔とまともにかち合わせて、お、とひと言声を出した。

「何者だ」

誰何《すいか》したのは和三郎である。

「井伊家の連中じゃ。『見付』の三人組がちゃ。まっことどこまでもしつこいやつらでよ」

「き、貴様、書き付けを盗みおったな。返せ」

「返すんじゃ。銭も刀も返せ」

本殿の脇を回って、じゃがいも侍の後ろから顔を出した男がわめいた。こっちは種を蒔《ま》けるほどに額が広い。

「書き付けは捨ててしもうたぜよ。そんから銭もこの刀も返しはせんのじゃ。闇討ちなどと卑怯な真似《まね》をしおってからに、あやうく女が抱けぬ体になるところじゃったぜよ」

「ふざけたことを申すな。斬り捨てるぞ」

中肉中背のその男の広い額から月代《さかやき》にかけて、蚯蚓《みみず》のような血ぶくれが浮き出ている。ははあ、あいつか、と和三郎は思った。寝込みを最初に襲ってきたやつである。命を取らずにいたのは和三郎の気持から出たことなのに、それも知らずに威張っている。それにもうひとりいたはずだが、と思い返したとき、最後に刀の切っ先で胸を突き刺した手応えが戻ってきた。あいつは治療中だな、と和三郎は呟いた。

「こっちへ出てこい」

じゃがいも侍が顔中を火だるまにして喚いた。エエ加減にせんか、とぶつぶつ呟いた坂本は、先に本殿を回り込んで拝殿の前に進んだ。

続いて出た和三郎は、そこに出現した光景を見て息を呑《の》んだ。

「なんじゃ、この連中は」

あきれた坂本が大声をたてた。

およそ十名程の武士が社殿を取り囲んでいる。みな、襷《たすき》がけをし、袴の股立《ももだち》を取って鍔元《つばもと》に左手を添え、腰を低く身構えている。とっさに坂本は腰を落とした。

「浜松の井上家に助太刀を頼んだのか。どこまでも卑怯なやつらぜよ。それが井伊家のやり方なんか」

「だまれ。狼藉者を成敗するのに卑怯もくそもあるか。さあ、みなの衆、ご加勢下され」

おう、という掛け声があがって、刀が抜かれた。狭い境内は一気に無骨なツラ構えの男たちに覆われた。殺気がむんむんと伝わってくるのである。といって、誰も打ちかかってくる気配はない。

よく観察すると、どうやら人に向かって真剣を抜くのが初めての者たちのようで、正眼に構えながら体は斜めに向けられていて、しかも唸り声とは裏腹に、後ずさりする様子さえみせている。

坂本は藩校克明館《こくめいかん》の子弟の者だと思ったようだが、その腰つきや真剣の構えから察すると、どうやらみな武家ではなく、町の道場で剣術を習っている町民のようである。

「あしを討つのなら道理もあるが、この御仁は無関係ぜよ。昨夜たまたまあの診療所で治療中だっただけじゃき」

「言い逃れはよせ。それがしはそいつにこのように額を傷つけられた」

出額の侍は自らの額を指さして吠えた。坂本は嗤った。

「それはおんしの腕が未熟じゃったからよ」

「どうやら、その通りのようだの」

そういってゆらりと前に進み出てきたのは、例の浪人者である。今度は被っていた笠をとっているので、その異様な出《い》で立ちと、それには不釣り合いな颯爽《さつそう》とした顔立ちが朝靄を突いて現れた。

——あ、この武士は、あのときの……。

二川の岩窟の周囲にあった石仏の先、厳しい岩山を上りきったときに目の奥をさしてきた剣客の背骨、それは真夏にもかかわらず、まるで一本の氷柱《つらら》と化して青銅の観音像と対峙する剣鬼の姿だった。

——しかし、このなんとも俗化した風体はなんだ。ただの歳喰った浪人ではないか。

懼《おそ》れと疑惑が入り交じった思いが和三郎の胸に渦を巻いていた。その中から生じたのは、意外にも浪人に対する畏敬の念である。年寄りと思えた浪人は颯爽としているばかりではなく、そのすずしげな目つき、きっちりと結ばれた唇が明晰《めいせき》さを表しているのである。

——この人を越えるのは、生やさしいことではない。

戸惑いの中で立ち尽くした和三郎の前にゆらりと出てきた浪人は、和三郎に向けて「ニッ」と嗤った。

——緊迫した場面にこの浪人は何故《なぜ》うらに向かって、ニッとしてみせたのか。

そう思う間もなく、浪人は本堂の床下からひとりの男を引きずり出した。睫毛《まつげ》に付いた蜘蛛《くも》の糸を指先で払いながら、こんにゃくヅラの土埃《つちぼこり》だらけの顔が出てきた。

「おまえは水ノ助やないか。なしてここにおるんや。うらの跡をつけておったのか」

「すんまへん」

浪人に野良着の襟を摑まれて吊された瀬良水ノ助は、水揚げされた蛸《たこ》のようにしょんぼりしている。すっかり観念した様子でいる。

「まだ、床下にもうひとつ大きな獣が隠れておるぞ。あとは勝手にせい。まったくおぬしには手がかかる」

浪人はそういうと、睨み合いをしている坂本と、十数名の武家姿の者たちを中央で眺める位置に佇んだ。そこで白い前歯を見せたようだが、和三郎はそちらに気を向けている状況ではなかった。

浪人の手を離れて自由になった水ノ助が地面に落ちると、その向こう側の本堂の床下から、もうひとつ、黒い影が這いだしてきた。

「この、根性なしが、かたつけせんと逃げ帰ってきおった」

影はぬっと立ち尽くすと、抜き身の切っ先を水ノ助の背中に突き刺した。

悲鳴をあげて水ノ助は地面を横転した。背中から血が噴き出している。

「わめを殺《や》るのに往生こいてもた」

男は不敵な目つきで和三郎を睨み上げた。殺気がみなぎっている。その男の顎の下に、大きな痣《あざ》があるのが和三郎の目に飛び込んできた。

「おめえが飯塚やな。原口さんを騙《だま》し討ちしたのはおまえやな」

「んじゃ。わめはここで殺る。わめが江戸に行っては目障りなんじゃ」

飯塚は腰を低くして、右足をすり足で大きく踏み出した。

「なぜ、原口さんを殺したのだ。だれの命令だ」

「わめごとき小僧が知ることではねえ」

「おめえだってたかが鎌坂郷の代官の下で雇われている刺客でねえか。それもただの襲撃者や。下っ端同士が殺り合って何になるんじゃ。土屋領を横取りしようとしておる大強盗どもを喜ばせることになるだけじゃ」

「よう喋るやつじゃ。うらは命じられた仕事を片づけるだけじゃ。それにわめを斬るように命じたのは鎌坂郷の代官ではない」

「代官ではないのか、では誰だ」

「奉行じゃ。さ、こここぉ」

飯塚はさらに腰を低くして身構えた。誘い込んで喰い殺す戦法だ。無念流地蛇の構えだ。それを制する技はひとつしかない。

和三郎は飯塚に合わせて左足を差しだし、さらに低く構えた。上から剣を落としてくると待ち構えていた飯塚は、意表をつかれたようだ。

「驚いたらあかん。しょ（気合い）、入れてなせ」

そう呟いた和三郎を前にして、飯塚は一瞬、戸惑いの色を目に浮かべた。

低いところから、まるで水中から巨獣が飛び立つように、和三郎の体が空中に舞い上がった。間合いを失った飯塚の剣は、真横になって自らの頭を防いだ。その剣の峰ごと和三郎の刃先は男の髪を切り落とした。

頭が割れた。額から血が流れ出ている。

一撃で飯塚は絶命した。

——これで原口さんを殺した者の仇討ちは済んだ。

和三郎はそう胸の中で呟いた。目を上げると、水ノ助が草の中を泳ぐようにして喘いでいる。

和三郎は傍らに腰を落とし、自分の腹を巻いている晒しを取って水ノ助の背中に押し当てた。

——これでこいつも用無しになったか。兄の四十九日を終えて、江戸に仇討ち免許状を携えていく沙那さんの役目もなくなったというわけか。

すずしい目を暗がりから向けていた、一度見ただけの原口耕治郎の妹、沙那の面影を和三郎は思い浮かべた。美しい人だった、と思った。原口さんの馬廻り四十俵の切米は、沙那さんの婿が継ぐことになるのだろう、とも思った。

——だが、飯塚の口にした奉行とは誰のことだ。

その、人を殺した残酷さと沙那への感傷、飯塚の最後の言葉に混乱しだした和三郎の脳を、いっぺんに醒《さ》ましたのは、井伊家の家中の者と思われる怒声だった。

「何をしておられるのだ。こいつは井伊家の書き付けを盗んだ盗人だ。さあ、みなで取り押さえて下され。何をためらっておられるのじゃ」

額に血糊《ちのり》をつけたまま、男は大威張りで吠えた。だが、十数名の助っ人はどこか腰が引けている。眼前に一瞬展開した、決闘とおぼしき死闘を目の当たりにして、魂を奪われてしまっている。

「どうしたのじゃ。やるのじゃ。いっぺんに取り押さえろ」

悲鳴をあげて鼓舞した。

坂本はせせら笑った。

「なにをほげたことというておるんじゃ。おまんらは関係ないがじゃろ、こんなぎょうさん助っ人を寄せ集めおって、井伊の家臣は卑怯者じゃ」

坂本は、先頭に仁王立ちになって剣を抜き放っている男に向かって、ずんずんと歩み寄った。すると、妙な動揺がその背後に陣取った武士の間から起こった。みな奇妙なほど怯えている。刀を構えてはいるが、明らかにへっぴり腰になっている。みな打ち込んでくる気配はみえない。

「待たれよ」

声をあげたのはどこかで成り行きを見守っていた例の浪人である。懐手のままゆっくりと進みでると、まず背後にいる十九歳のふたりに向かって、片方の頰を歪めてみせた。

「おい、何の真似じゃ」

坂本がとっさに反応した。

浪人は坂本の問いかけに応じなかった。ただ、懐から手を抜いて後ろ向きに軽く左右に手を扇いでみせただけである。次に浪人は十数名の武家姿の者たちを、哀れむように眺め渡した。

「おい、町の者よ、腐った武士の口車にうかうかと乗ると命を落とすぞ。どうだ、ひとり一両ずつ出さんか。儂がうまく取りはからってやる」

へ？と頓狂な声を放ったのは坂本である。和三郎も口をあけて呆然とした。だが、ふたりは互いの顔を見合わせて、何が起こっているのか確かめようとした。

結局何も分からなかった。

驚きは、助太刀に駆り出された十数名の者たちも同様だったようで、みな、子供が掘った落とし穴にでも落ちたように間の抜けた顔をしている。それでやはりこの助っ人どもは浜松、井上家の家臣などではなく、みな城下の道場に通っている町の者であることが窺えた。

浪人のとんでもない誘いに対して、喚いたのは額を蚯蚓腫れで染めた井伊家の家臣である。「この不埒者めが！」と叫びざま、新たに購入したらしい刀の鍔元を切って、素早く剣を抜いた。

浪人は無造作にその切っ先の前に佇んだ。

「不埒なのはおぬしらだ、この土佐の田舎者に書き付けとやらを盗まれた上、この若い者たちをそそのかして助勢をさせる。それがもののふのすることか」

「たわけぇ。おぬしのごとき浪人の出る幕ではない。叩き斬ってやるわい。猪狩《いかり》、いくぞぉ」

どわーっ、と派手な掛け声を発して武士は浪人に斬りかかった。それなりに腰の入った打ち込みであった。それを浪人はぼんやり佇んで眺めていた。

そう見えた。

だが、実際に吹っ飛んだのは斬りかかっていった武士である。何か透明な壁に衝突したかのように、不様に真後ろにすっ飛んで、頭から境内の敷石に落ちた。

それきり首を折って気絶した。

浪人が刀も抜かず、ただ立っていただけだったのは、そこにいた全員が目にとめたことである。しかも、打ち込んだ武士は浪人のいるところから一間（約一・八メートル）も手前でもんどりうった。切っ先が相手に触れることもなかった。何が起きたのか和三郎にも見えなかった。

どよめきが取り囲んでいる十数名の者たちの間から起きた。中には後ずさりをしながら踵《かかと》を敷石に打ちつけて尻餅をつく者もいた。

「全部で十二両じゃな。おい、猪狩と呼ばれておったな。この場はおぬしが立て替えてやれ」

じゃがいも侍は接近してきた浪人に射すくめられて唇を震わせている。その猪狩と呼ばれた武士に向かって浪人は左腕を軽く振って見せた。するとじゃがいも侍の両膝が曲がり、上体がその上に落ちた。なんだか操り人形が壊れたようになっている。

十二名の町人侍は何事が起こったのかと、あたりをきょろきょろと眺めている。まるで昼寝から目覚めたようなトロンとした顔立ちが境内にそろっている。

その間を浪人は風に押されているかのようにひらひらと歩いていく。気を取り直した町侍のうち何人かが掛け声を発して浪人に斬りかかった。無鉄砲な若者が三人もいたことが分かったのは、鳥居の下でそれだけの人数の者が失神していたからである。

「おい、大丈夫か」

和三郎は水ノ助を置いて、若者たちに小走りに近づくと、口から泡を吹いているひとりの若者を揺り動かした。

「いや、もうだめじゃろ。目が死んだ鮫《さめ》のように灰色になっちょる」

坂本は抑揚のない声で町侍を見下ろした。

「いや、斬られたわけではない。あの浪人は剣など抜いてはいない」

そういうと和三郎は町侍を抱え起こし、背中から活を入れた。ふうっと若侍の口から息が漏れた。

「つなみ、だ」

「ツナミ？　それはどういうことだ」

「津波なんじゃとよ。それよりあいつはどこに行きおったんじゃ」

傍らで棒のようになって立っていた坂本は、お社から続く路地に目を向けて呟いた。

「恐ろしい人だ」

和三郎はそう呟いた。浪人の姿は路地からも消えている。

「坂本氏、あの浪人は何者なんだ」

「あしには何もわからんがぜよ。十一歳のとき川で泳ぎよったらあの浪人がきて、いきなり竹筒をあしに差しだしてきて、川砂をすくってこいとゆうたんじゃ」

「なんだそれは」

「あのときの浪人はどうやら砂金を探しちょったらしい。とにかくいなげなやつであしはおぼえちょるがぜよ。岡氏、おまんはどういて知っちゅうが」

「渡船の中で盗賊一味を捕まえた。そのときの手柄はうらのものになって役人から誉《ほ》められたが、報奨金というか、盗まれた者たちからの礼金はあの浪人の懐に入ったようだ」

「ほいたら、あやつは盗人の頭じゃろ」

「どうも、そうではないようだ。だから恐ろしい」

お社ではまだ気絶している者のほか数名が、ふやけたようになってとぐろを巻いている。井伊家の侍はどうやら空になった財布を手にしてうなだれている。

岡氏よ、と坂本がすっかり明けた朝の夏空を見上げて口を開いた。

「妖術使いみたいな爺《じじ》ィじゃったな。じゃが、あの爺ィのことは忘れることでよ。

おまんはこれからの道中もいなげなやつらとどっさり会うことじゃろて」

「そうさな」

そう返答をした和三郎だったが、いや、あの妙に爽やかな老剣士とはそう会えるものではないだろう、と腹の中で呟いた。それにもう充分過ぎるほど、変な連中に出会ったと思うと軽い笑い声が出た。

「どうかしたがや」

「うん、あそこにまだ生きている者をひとり残してきたんで、どうしたものかと思うてな」

ああ、といって坂本は本堂の方を振り返った。そこに水ノ助が転がっている。坂本が戻した顔はつまらなさそうな色合いに染まっている。

「ほっちょけ。おんしを殺しにきた連中じゃろ。ほっちょきゃあいいきに。それにここは神社じゃ。おんしに討たれた者も神様にめされて喜んじょる。それより、おんしはまっこと愉快な旅をしちょるようじゃの」

「いや、ゼンゼン愉快ではない。それにこれから江戸までは急ぎ足で行かねばならん。江戸で修行や」

「そう、修行人はそれが命ぜよ。けんど江戸は妖怪だらけじゃ。亜米利加《メリケン》もそうじゃ。岡和三郎氏よ、おまんも気ィつけえよ」

「ああ、おぬしもな。いつか江戸で会うこともあるだろう」

「ああ。京から戻ったらな」

ふたりは互いに頷き合って、棒のように突っ立っている十二名の町民と倒れている武士どもを置き去りにして、境内から路地に出た。そこで別れたのではなく、ふたりして診療所に向かうのである。その前に、この刀を売り飛ばす算段をたてねばならないな、と抜き身を下げた和三郎は、修行人らしからぬ卑しいことを考えた。

解説

縄田一男

本書『脱藩』は、高橋三千綱が構想も新たに描く、幕末青春巨篇《きょへん》〈和三郎江戸修行〉の第一弾として書き下ろされたものである。

内容は、とびきりの快作であるからして、私は、いわゆる本書のストーリーを端的に紹介していくような解説を書く気がしない。ただ、作品をして作品を語らしめる——そんな一文を草してみたいだけである。

従って、この解説の効用は、そのようなものがあるとするならばだが、本文を読了した後に発揮されると思われる。だから読者諸氏には、ぜひ小説の方から読んでいただきたいと思うばかりだ。

私がまず思うのは、作者の潔いまでの創作姿勢である。それは、岡《おか》和《わ》三郎《さぶろう》という、十九歳の青春を生きる若者の姿勢にも通じるが、第一章たる「脱藩命令」で、はやくも、この一巻のテーマを惜し気もなく晒《さら》している作者自身のそれにも通じている。

それが端的に示されているのは、二度にわたる母との別れのシーンである。

一度目は、剣など無用の長物となっている時代に、剣術しか取り得のない和三郎の婿入先を探しているうちに心の臓を痛め、寝込んでしまった母・静《しず》の寝所にて、

眠っている母、静の枕元に座り、そっとその額を撫《な》でた。母の湿りが指先に付着した。母にとっては三男の和三郎だけが気がかりだったことはよく承知している。

と記されている箇所。

二度目は、脱藩命令の裏にとんでもない政争、――しかも公儀隠密すら関わっているかもしれない――ことを知り、再び母の額に手をやった和三郎が、

狭い盆地の中だけで育てられた田舎の女とはどこか違っていた。（傍点引用者）見かけだけでなく、母は京の公家《くげ》屋敷で育てられたのだろうという人も昔はいたという。

と感じる箇所。

傍点部は、母の出自を記す箇所であるばかりでなく、これから和三郎が出て行

かねばならない広い世界の象徴でもあるのだ。

そして、和三郎の只《ただ》ならぬ覚悟を感じたのであろう。細い指でこの三男坊の袖口を摑《つか》んでいる静は、桐《きり》の簞笥《たんす》に目をやり、「あれに脇差が……」というではないか。

そして取り出されたのは、白木《しらき》の鞘《さや》に収められた、ごく普通の一尺五寸の脇差。それは、無反りの無骨な刀身をもった脇差だが、「岩石をも砕くような気迫が秘められている」のであり、作者は、この二度目の愁嘆場《しゅうたんば》の中に、この母子の、大袈裟《おおげさ》ではなく、それこそ命を懸けた情愛の発露を描いている。還暦を過ぎて涙腺が弱くなっている男は、こういう場面でやられてしまうのだ。

このくだりは、私が本書で最も好ましく思うそれの一つで、しかも作者は、その感動の中に、脇差には、丸に剣鳩酸草《けんかたばみ》という岡家の家紋ではなく、丸に俵が六つ描かれている風変わりな紋——つまりは、本書のストーリーの中に貴種流離《きしゅりゅうり》譚《たん》の可能性さえあることも記しているではないか。

和三郎が、その意味を問おうとしたとき、物語は、再び母子の愛情あふれる会話で、その謎を闇の中に封じ込めてしまう。

そして、この作品のテーマをズバリ一言でいえば、それは、和三郎の乳離れ

――すなわち、青春の超剋《ちょうこく》である。それは、これから訪れるであろう風雲急を告げる時代の中で行われていくだろうが、旅立ちの朝、和三郎が見る城のことを作者は次のように記している。

視線を北に向けると、先細りの天守閣（傍点引用者）が梢《こずえ》の間から伸び上がっている。この城下にまた戻ることがあるのだろうかと和三郎は思って少し感傷的になった。

「先細り」になっていくのは、これから新しい時代を迎えて、滅んでゆく武士の世界の隠喩ではあるまいか。和三郎は正にそんな時代に歩を進めはじめたのである。

従って、

自分のような無骨な三男坊が生きていくためには剣術で身を立てる以外にあるまいと、「中庸」を読んだときに思ったものである。そこには「仁とは人なり」と書かれてあったが、その意味を藩校の教授から教えられたとき、和三郎は自分で勝手に、剣とは自分の身を守るためにあるのではなく、徳のある人を助けるためのものだと解釈したのである。十三歳のときだった。

というこの一本気な若者も、旅がはじまるや、

（一日の内に三人を斬り殺し、ひとりに致命傷を与え、陣屋の下っ端にまで傷を与える人生なんて、この先ろくなことがあるはずがない。こんな越前野《えちぜんの》山《やま》とはもうおさらばだ）

と、一時は勝手気儘《きまま》に生きてやろうと思わざるを得ない。

剣難女難——道中ものには付きものだが、本多《ほんだ》家に兄が仕えているという石川《いしかわ》某や、本多家の家臣団、さらには、非力なくせに幾度も和三郎を襲おうとする瀬《せ》良水ノ助《らみずのすけ》との間に起こる出来事などは、まだ生やさしい方で、ここに本格的に女難を持ち込んでくるのが、和三郎も目を見張る柔術の達人で、芸州浅野《げいしゅうあさの》家の密命を帯びて江戸へ向う、多賀軍兵衛《たがぐんべえ》こと、倉前秀之進《くらまえひでのしん》だ。

倉前は、「今夜、おもんは夜伽《よとぎ》をする。岡殿へのお礼じゃ」といって、大いに和三郎を期待させるが、これがとんだ空振り——女を知ることもまた青春の超剋の一つであろう。

これがあって、和三郎は、救《たす》け出してやった飯盛りのみつに泣かれてしまい、「もし﨟《ろう》たけたおもんと最初に交合することがあれば、自分はあの小娘に対して、もう少しうまくできたのではないかと不埒《ふらち》な考え」を抱かざるを得ない。

そして田舎へ帰れとはいったものの、何処《どこ》へ行くか分からないみつから「いつまでも待っています」といわれ、和三郎は「やはりこの娘は武家の出ではないのか」と思わざるを得ない。こうした伏線は、これからどのように回収されていくのだろうか。

さらに、終わったかに見える、他家の美貌の妹の仇討《あだう》ちの件は、本当に終わったのか——。

物語は、千石船ほどもある大きな帆船の中での大立ち廻《まわ》りで、江戸のやくざ者風情に匕首《あいくち》で刺された和三郎が、はじめて、傷口を縫われて失神するシーンなど、見せ場に次ぐ見せ場をつくりつつも、最終章「幻の剣聖」で、映画なら月形龍之介《つきがたりゅうのすけ》あたりがやったらピッタリの謎の老剣客が登場。

その一方で、島田虎之助《しまだとらのすけ》、男谷精一郎《おたにせいいちろう》、千葉周作《ちばしゅうさく》、といった実在の剣客の名前が続々と登場、剣豪小説ファンをゾクゾクさせずにはおかない。

それだけではない。「——ぜよ」を連発する、幕末ものではお馴染《なじ》みのあの御仁も登場し、作品は、年内刊行予定という第二弾『開眼』へと続くことになる。

最後に作者の小説技巧として優れた点を挙げるならば、それは、作品内部における幕末前夜の描き方である。

作者はあくまでも主人公である岡和三郎の目を通しての幕末前夜を描いている。

この一巻で、その有様が最初に出てくるのは、はやくも第一章「脱藩命令」における「昨年、阿蘭陀《オランダ》という国の文書に、亜米利加《メリケン》という国の船が来航するちゅう風説が」云々《うんぬん》という箇所だが、ここにはっきり、おらんだ風説書と書かないのは、藩重臣は、そのことを明確に知っているが、和三郎のような三男坊は、「話にだけは聞いております」と答え、ペリー来航についても本多家家臣団と彼のあいだには認識の差が感じられる。つまり、和三郎にとって、幕末前夜というのは、まだ、うすぼんやりしたもの――こういう書き方によって、作中人物の距離感や遠近感が見事に捉えられているのである。

興奮が止まらない。

だが、これだけ面白くとも〈江戸修行〉という通しタイトルから考えると、物語も、和三郎の青春の超剋も、まだ、ほんのとば口に立ったばかり。そして、物語の構想を見れば、これは、相当のスケールで展開していくのではあるまいか。読者としても胸の高鳴りが止まらない。

とまれ、はやく次巻を！

（なわた・かずお　文芸評論家）

S 集英社文庫

和三郎江戸修行《わさぶろうえどしゅぎょう》　脱藩《だっぱん》

2019年8月30日　第1刷　　　定価はカバーに表示してあります。

著　者　高橋三千綱《たかはしみちつな》
発行者　徳永　真
発行所　株式会社　集英社
　　　　東京都千代田区一ツ橋2-5-10　〒101-8050
　　　　電話　【編集部】03-3230-6095
　　　　　　　【読者係】03-3230-6080
　　　　　　　【販売部】03-3230-6393(書店専用)
印　刷　凸版印刷株式会社
製　本　凸版印刷株式会社

フォーマットデザイン　アリヤマデザインストア　　　マークデザイン　居山浩二

ISBN978-4-08-744018-8 C0193